遠藤周作初期短篇集

秋のカテドラル

遠藤周作

河出書房新社

秋のカテドラル　遠藤周作初期短篇集　†　目次

資料協力＝長崎市遠藤周作文学館
町田市民文学館ことばらんど

秋のカテドラル

遠藤周作初期短篇集

アカシヤの花の下

哀しい話を書こうと、思う。小説ではない。ついこの間、私の身に起った実話なのだ。

私はその日、Ｆテレビから電話を受けた。

「御覧になっていられるか、どうか知りませんが……うちの朝のテレビに、各界の方と、その初恋の人とを対面させる番組があるのです」

と受話器の奥で若いテレビ局員は言った。

「それに、お出になって頂きたいのですが……」

照れ性の私は、首をもみながらそんなことが可能なのかとひやかすようにたずねると、

「いえ。うちのテレビには横堀さんと言って人探しの名人がいるのです。彼がその点、全力をつくして、出演なさる方の初恋の人を探しますから」

「草の根をわけてもですか」

「ええ。草の根をわけてもです」

テレビ局員もつりこまれて笑い、その笑い声で私は出演を承諾した形になった。

受話器をおいてから、私は自分の小学生時代や中学時代をふりかえりながら、その頃、子供心にもひそかな思慕をもった女の子や少女の面影を思いだしていた。

もちろん、それは後になって体験したような息のつまるような恋愛とはちがって、どんな子供でも一度は経験する片想いや、遠い思慕感にすぎなかったが、しかし、その感情はやっぱり恋としか言いようはあるまい。

初恋ではないが、中学の頃、私は自分の学校から百米《メートル》もはなれていない女学校の生徒に夢中になったことがある。

私の中学は今、東大の入学率がいいので有名な灘高である。しかし私はこの母校に楽しい思い出をあまり持っていない。あけても暮れても受験教育をされたあの少年の日は、やはり考えるとゾッとするからだ。

三年生――つまり十五、六歳になった頃、私は他の級友たちと同じように、急速に変化しはじめた自分の肉体に悩みはじめた。あなたたち若い女性にはおわかりにならぬと思うが、十五、六歳の男の子は突然、変異した自分の声や、骨ばってきた体や、ニキビや、それから体内を吹きまくる嵐のようなものに、途方にくれるものなのである。

（ぼくはみにくい）

彼等はまるであの童話のアヒルの子のように悶々とする。そしてその頃、自分たちとは全くちがって、まるで花のように白く、丸く、美しくなった同じ年頃の少女たちを見ると、言いようのない劣等感に苦しむものなのだ。

私と友人Aとは毎日、電車で学校に通っていた。そしてその電車のなかで、同じ方向の女学校に通う少女たちに出会うのだった。

一方では彼女の眼からかくれたい気持と、そのくせ彼女たちと話したいという感情とに引き裂かれて、我々は今の少年たちとはちがって、わざと粗暴な声をだしたり、お互い悪ふざけをしあったりしたものだ。

すると少女たちはあきらかに軽蔑した眼でこちらを眺め、できるだけ、遠くの車輛に移ってしまうのだった。

彼女たちのなかに、ひときわ、美しい少女がいた。髪がすごく黒く、眼がつぶらで、見ただけで、いい匂いがそのまわりに漂っているような気がするのだった。

(あれは何という名だろう。どこで降りるのだろう)

Aと私とはいつも彼女のことばかり話しあっていた。そんな少女と一時間でもいい、散歩できたら、と夜中などベッドのなかでそっと考えたものだ。

彼女はいつも我々を見ると、ツンとすます。知らん顔をしている。友だちたちと小声で囁《ささや》きあい、時々、こちらを嘲《あざけ》るようにクスクスと笑う。

彼女は愛子という名だった。芦屋に住んでいることもわかった。だがそれ以上、どうにもなるものではない。今のように、少年と少女とが仲よくサイクリングに出かけたり、ボーリングなどできる時代ではなかったからである。春の淡い白雲のように、我々の恋も片想いで、それっきり、上の学校に進むと同時に消えてしまった。

それから長い歳月がながれ、その間、戦争や、さまざまの出来事があった。私は大学の仏文科を出ると大学に残るため仏蘭西《フランス》に留学したが、留学中、考えることがあり作家になろうと思った。帰国後、その計画にしたがって私は自分の人生を決めた。

ある日、友人の紹介で、小説集を近く処女出版する女性の訪問をうけた。応接間で向きあったその人は美しい女性だったが、面影にはなぜか見おぼえがあった。

「どこかでお目にかかったような気がしますが……」

私はたずねたが、彼女は遠いものでも見るような顔をして、

「そうでしょうか」

と答えただけだった。

だが話をしている間に、私の記憶の、ぼやけた輪郭は少しずつ焦点を結んできた。

「あっ」と私は煙草を口から離して「あなたは、K女学校に通っていらっしゃいませんでしたか」

「ええ」

「お宅は、芦屋だったでしょう。そしてあそこから御影《みかげ》に通う国道電車で通学していらっし

ゃった」

「どうして……御存知ですの」

不審そうに彼女は私を見つめた。少年時代のあの思い出が痛いほど私の心に甦ってきた。その女性がその後「ソクラテスの妻」を書かれた作家の佐藤愛子さんである。

Fテレビに出ることが決まって、私は人探しの名人といわれる横堀さんにその話もした。しかし、もちろん、私の初恋は、それよりももっと昔の小学校の頃の出来事である。

小学校の時、私は父の仕事の関係で満州の大連に住んでいた。当時、日本の植民地だったところで、ロシヤ人が作ったこの街は、五月になるとアカシヤの花が真白に咲いた。私たち子供は母親からもらった瓶にその花と水とを入れ、香水を作るのだと言って遊んだ。

眼《ま》ぶたの裏に一つの思い出がある。私は男の子三人と、アカシヤの花の散るなかを一人の女の子を追いかけているのである。

その女の子は先週、学芸会でチルチル・ミチルのミチルの役をやった子だった。私たち男の子は鼻汁をしきりにすすりあげ、口をポカンとあけて舞台のこの子に見ほれていた。先生から化粧してもらい、頭に銀紙の星をつけた彼女は、悪戯《いたずら》小僧の我々にはまるで本当の天使のように思われたからである。

子供に恋をする力がないというのは嘘だ。私はその時から、この女の子に恋をしたのである。廊下ですれちがう時、運動場で彼女が縄とびをして遊んでいるのを見る時、私は胸がしめつけられるような気持になるのだった。

それは私一人だけではなく、他の男の子たちにとっても同じだったらしい。ある日、私たちは相談した上、学校から戻る彼女を途中で待伏せした揚句、追いかけたのである。憶えているのは、駆けながら逃げる彼女と、それを追いかける私たちの上に、アカシヤの白い花が風に吹かれ、舞っていた光景である。あるいは五月の満州の美しい風景と私の初恋の場面とが記憶のなかで美化され混同したのかもしれぬが、しかしそれから長い歳月がたった今日でもその女の子の、

「いやよ、いやよ」

と言う声や、我々男の子の、

「遊ぼうったら」

という声までがその風景と一緒に心に甦ってくるのである。

「できるか、どうかわかりませんが、その女の子を、全力あげて探してみましょう」

Fテレビの横堀さんは自信ありげに、私の話の要点を手帖に書きながら、うなずいた。

「しかし、ほかの場合と事情がちがうでしょう。御存知のように、終戦の時、満州の日本人のなかには引き揚げ前に死んだ方も沢山いましたし……あるいは彼女も、もうこの世にいないかもしれませんよ」

私は本当のところ、横堀さんにもあの女の子を（もちろん生きていればもう人妻であり母親にちがいないのだが）見つけることはできまいと心のなかで考えていた。

「決め手は、大連のO小学校の生徒だったことと、ミチルの役を学芸会でやったことだけですし」

「じゃあ、その方の姓名も知らないのですか」

私は首をふった。何しろ遠い昔の話だ。名前はとっくに忘れてしまっていた。

横堀さんが約束してから一週間たった。彼がその間、どういう方法で発見に努力していたのかは、もちろん私には知らされなかった。いよいよ、テレビに出る日が明日という夜、局からまた電話があった。

「明朝、七時に迎えの車を出しますから、おふくみ下さい」

相手は最初の若い局員だった。

「じゃあ」私は声をはずませて「見つかったんですか。あの人……」

「それは、明朝になれば、おわかりになります」

若いテレビ局員は意味ありげに笑って受話器を切った。

その夜、いつものように遅くまで仕事をして寝室にはいってから、私はまるで年頃の娘のように胸がはずむのを感じた。寝る前にいつも飲むブランデーをなめながら、私はアカシヤの白い花や、その下を彼女を追いかけていった私たち男の子たちの姿を微笑しながら思い出した。

翌朝がきた。約束通り七時に迎えにきた車に乗ったがまだ眠い。それでも車のなかで私は煙草をすいながら、三つの朝刊を次々と読んだ。

局についてスタジオに入った時はもう番組は進行していた。司会のO氏が女優の芳村真理さんをアシスタントにして、三人のゲストにその初恋を色々たずねている。カメラにうつらぬよう、私はそっと、一番左の席に腰をおろした。

ゲストは、藤間紫さんと園まり君と、それから劇団「雲」の山崎努さんだった。

園まり君の初恋の人は高校時代の同級生である。司会のO氏が、探してきたその同級生をスタジオに登場させた時、園さんは恥ずかしそうに笑った。大学生になった相手の青年も園さんが送ったという手紙を読まれて顔を赤らめた。

山崎努さんの初恋の人は小学校時代の女の先生だった。その先生があらわれると、山崎さんは直立して礼儀正しく頭をさげた。すっかり品のいい老婦人になっている彼女を山崎さんはいたわった。

藤間紫さんの初恋の相手は娘時代、慰問舞踊で知りあった内務省の人だった。

「藤間さん。我々はその人を探したのですが……」と司会のO氏は気の毒そうに言った。

「この方は、もうお亡くなりになっていたのです」

そして死んだ人の代りにその人の姉がスタジオにゆっくりと姿を見せた。彼女が持ってきた故人の写真を見ると、藤間さんはハンカチで眼がしらをぬぐった。

「そして最後に……」

Ｏ氏は私にむきなおって笑いながら、

「本当に、御記憶に間違いはありませんか」

「間違いないと思いますが……」

「そうでしょうか。我々は手をつくして探したのです。そして、あなたと小学校で同級生だった方たちと担任の先生をここにおつれしてきました。その方たちの御意見を伺ってみましょう」

私は何が何だかわからなくなってきた。だがそれよりも三十年間、会う機会のなかった幼なじみたちが今、このスタジオに出てくると聞いて、すっかり仰天していた。

同級生たちは一列になってあらわれた。何と皆、変ったことであろう。男性が三人、女性が五人――その男性の一人に私は記憶があった。昔大連で一緒に登校もし帰校もし、一緒に遊んだＴである。

そして先生。私に作文をいつも書かせたＫ先生が私の前に立った時、狼狽と混乱と懐かしさとで私はふかぶかと頭をさげた。

「どうでしょう。皆さん」

司会のＯ氏は彼等の一人一人にたずねた。

「学芸会でチルチル・ミチルをやった記憶は皆さん、おありでしょうか」

「ありません」

「次の方は」

「ございません」

「こちらの方は」

「ないと思います」

幼なじみのはっきりとした否定の声をききながら、私は馬鹿のように口を少しあけ首をふっていた。

そんなことはない。そんな筈《はず》はない。私はたしかにあの日、あの女の子がチルチル・ミチルの舞台でミチルの役をやったのを見たのである。いや、あの時、彼女をアカシヤの花吹雪のなかで追いかけた悪童たちのなかには、今、押し出しの立派な紳士になったTもまじっていたのではなかったろうか。

「こういうわけです」

勝ちほこったようにO氏は笑い、

「そういうわけで、これは、御記憶ちがいと思いますよ」

「じゃあ、私が今日まで思いだしていたあの女の子は……実在しなかったのですか」

「少年の空想が現実になったのかもしれませんね」

芳村真理さんにそう言われて、私は黙りこんでしまった。幼なじみたちが口をそろえて、そのような思い出はないと言う以上、私にはそれを否定する材料はないのだ。私は自分の記憶ちがいのために、Fテレビ局の人たち——とりわけ横堀さんに無駄な努力を強《し》いたことを申し訳ないと思った。

番組が終り、局の控室に戻ったあとも私はまだぼんやりと考えこんでいた。三十年間、幼年時代のことを思いだすたびに私の心に浮かんできたあの女の子、あれは幻影だったのか。

だが、それにしても、アカシヤの花のなかで、

「いやよ。いやよ」

といった彼女の声や、

「遊ぼうったら」

と叫びながら追いかけた我々男の子の声まで幻聴だったというのだろうか。

半時間後、私たち同級生は思いがけぬ再会を悦んで、赤坂の中国レストランに車で行くことにした。そして、一同が卓子についた時、Tが全員を代表して私に言った。

「さっきは、君の思い出を打ち消すようなことを言って失敬だったね」

「とんでもないよ」私はかえって恐縮して「君たちこそ、忙しいなかを、時間をさいてくれたんじゃないか」

だがTは真剣な顔をして皆をふりかえった。

「やっぱり彼に事情を説明しなくちゃならんね」

「説明しておあげなさいよ」

昔は随分、お転婆《てんば》だったが、今は二人の男の子供の母親になったSさんがうなずいた。

「事情って、何なの」

「じゃあ言うか」Tは悲しそうに答えた。「君の記憶はねえ間違ってなかったんだよ。俺たち、小学校三年の時、たしかにチルチル・ミチルをやったんだから」

「何だって」

私はびっくりして一同を見まわした。みんな箸《はし》を動かすのをやめて、悲しそうに私を注目していた。

「じゃあみんな、どうしてFテレビで、あんなことを……」

「あなたが初恋をした藤野さんは……今は結婚して桑原さんと名が変ったけど、たしかにその時ミチルをやったのよ」

とSさんがTに代って、

「あなたは小学校四年で大連から内地に引きあげたから何も御存知ないけど……藤野さんは十八の時、日本に一家ぐるみ引きあげたの。そして、結婚して、子供までできたのに……東京の空襲の時眼を焼いて盲《めくら》になって、その上、神経も病んでしまったの」

「だから……俺たちとしてはそんな彼女をスタジオに出したくなかったんだよ。それに君の子供の頃の夢を崩したくもなかったし……だから、チルチル・ミチルなどという劇はなかったと口を合わせて言うことにしたのだ」

まだよく意味がのみこめず、私はしばらく皆の顔をぼんやりと眺めつづけていたが、やがて少しずつTの話が心のなかでまとまってきた。

そうか……そうだったのか。私が初めて恋をして、アカシヤの花の下を追いかけたあの少女は今は、盲となり、気が狂ってしまったのか。

人生には色々な出来事があった。私のような年齢になると、そうした出来事の幸福も不幸も人生そのものの現実として肯《うべ》なうようになるのだ。だがその話はやはり悲しかった。

「そうか。わかったよ」

私はその夜、またTと酒場にいった。大連時代の幼い日の思い出を一つ一つ、語りあいながら、そのくせ二人はあの話がでそうになると、急にハンドルをまわして迂回《うかい》するのだった。自分の裡《うち》にある、花の匂いのしみこんだような思い出が、無残に傷つけられたのを思いだすのは、どんな中年男にも嫌なことだった。


それから一週間後、私はホテルで仕事をしていた。

昼の間、そのホテルは静かだった。仕事につかれると私は窓により、午後の光のあたっているビルや高速道路をぼんやりと見た。食事もできる限り部屋に運ばせて、廊下やロビーにさえほとんど出なかったため、仕事は意外に捗《はかど》った。

電話がかかってきた。Tだった。

「あのねえ」

彼は会社からその電話をかけているのだと言った。

「たのみがあるんだ」

「何だい」

「あの時、話したと思うが、藤野さんの娘さんがあのテレビを見てSさんに電話したんだよ。そして我々の話を聞いて……もしよかったら、君に会わせてくれないかと言っているんだ」

「娘さんが？」

「そう。今、三井ビルでタイピストをやっているそうだが……」

私は受話器を片手にもったまま、しばらく黙っていた。

「どうする。断わったって、もちろん、いいんだよ」

「いや、お目にかかるよ」

私は自分の初恋の人の娘にやはり会いたかった。母親がみじめでも、せめてその娘だけはあかるく幸福な女性であってほしかった。

Tが折かえし連絡をとってくれたおかげで、私は彼女と翌々日の夜、私の仕事をしているホテルの食堂で食事をとることができた。

土曜日だったから、泊り客の外人たちのほかに、恋人らしい若い男女が赤いスタンド・ランプをともした卓子のあちこちに腰をおろして、嬉しそうに食事をとっていた。

バンドが金色の照明をうけた一角で演奏をしていた。歌っているのは週刊誌などによく出てくる東大生のシャンソン歌手だった。

私の初恋の人の娘は想像していたよりも、もっと可愛い人だった。私は女性と食事する時、いつまでたっても自分の食べたいものを決められぬ相手が嫌いだ。

だが彼女は悪びれず、礼儀正しく、スープも肉も、メニューをすぐ見て、すぐ私に告げた。この人は会社でもテキパキ働き、結婚したらいい奥さんになるだろうと私はすぐ思った。

弓子というこの娘さんは私の質問に答えて会社での仕事を要領よく説明してくれた。英文タイプのコンクールにも出たことがあると言うのだから余程腕前があるらしかった。

だがデザートになるまで、私はさっきから自分がTと酒場で酒を飲んだ日のように彼女の母親の話にふれまいとしている自分に気がついていた。

「母のことですが……」

やっと彼女は決心したように顔をあげて口をきった。

「一度、会ってやって頂きたいんです」

「しかし、眼が御不自由なんでしょう」

弓子は少し苦しそうにうなずいた。眼が悪いだけでなく神経も病んでいることまで、流石《さすが》

に私は言えないでいると、彼女は、

「昭和二十年の空襲の時、私はまだ母のお腹にいたんです。母は身重の体で父と下町を丸の内まで逃げたのですが、その時、炎のなかで、父が手を引いて走ったんですって。でも、火の粉が母の眼を焼いて……」

「そうでしたか……」

「魔法瓶につめたお茶で父は母の眼を洗ったのだそうです。それから体に縄をつけて新潟行きの疎開列車に乗ったんです。父の故郷が新潟だったもんですから」

「ああ」

こちらはうなずくより仕方がなかった。こういう時、人間が偽善者にならぬことはどんなにむつかしいだろう。

「母は向うで私を生んでから、少しずつ神経を痛めはじめました。疎開地の生活は普通の人にも辛いのに、俄《にわ》か盲にとってはそれ以上に耐えがたかったからでしょうね」

「で今は？」

「今も眼も神経のほうもあまり良くないんです。色々お医者さまに見て頂いたんですけど。時間感覚が失せているんです」

「つらい昔を思いだすまいとする本能的防禦《ぼうぎょ》ですね」

「ええ、お医者さまもそう言っておられました」

「じゃあ、ぼくがお目にかかっても憶えておられないでしょうな」

「でも大連の頃のことは母にとって倖せな幼年時代だったと思うんです。だからあの頃のことを話して頂きたいんです」

正直な話、私の気持は進まなかった。初恋の人が、昔の思い出のままだった園まり君や山崎努さんは幸福だ。藤間紫さんや私はちがう。藤間さんの初恋の人は死に、私の場合もその変りようがあまりに大きかった。

「会って頂けませんでしょうか」

「本当に、ぼくが役にたつのですか」

「わかりません。でも、どんなことでも母のためにしたいんです」

「あなたは、恋人がいますね」

突然、私はそうたずねた。すると弓子は顔を少しあからめて、

「はい」

とうなずいた。

私は彼女の結婚式の場面を突然、心に描いた。モーニングを着た恋人と白いウェディングドレスを着た彼女と……弓子のそばの席が一つあいている。その空席に当然、坐るべき彼女の母親の姿がない。

「じゃあ、お伺いしましょう」

私はうなずいた。

約束はしたものの、私は仕事が重なってすぐには行けそうになかった。ホテルと自宅との間をまるでジプシーのように移り住むいつもの生活が毎日つづいた。

私が弓子につれられて、やっと小田原行きの電車にのったのは、ある土曜のことだった。

「毎日、小田原から東京まで通うのは大変でしょう」

私は窓外のすっかり咲きだした桜の花を見ながら弓子に言った。東京ではうすよごれ、まだ五分咲きの桜も、このあたりまで来ると、暖い日差しを受けて、八重桜まで満開だった。桜だけではなくレンギョウや真赤なボケなどもいっぱい咲いていた。

「花が好きですか」

「ええ」

二人は小田原につくまで、花の話ばかりしていた。

だが小田原について、タクシーで弓子の家につく間は、また私は黙りこんでしまった。やはり気が重くてならぬのだ。

「車を一寸《ちよつと》とめてくれませんか。実は、何もお見舞を持ってこなかったので」

「そんな……」

だが私はタクシーをとめてもらって、眼の前の花屋にとびこんだ。蘭の花でもつつませようと思ったのである。

しかしその時、眼に入ったのは雪やなぎや百合などの花のうしろに見える、裏庭だった。裏庭には洗濯物などが干してあったが、そのかげに私は真白な鈴蘭のような花を幾つかぶらさげている一本の樹を見つけたのである。

「あれは」

私は驚いて、店の主人にたずねた。

「アカシヤの花じゃないのかね」

「ええ。そうです」

「アカシヤの花がもう咲くの。五月か六月だと思っていたが……」

「ええ。どうしたのか、今年、馬鹿咲きをしましてね。もっともあれっぽっちしか咲かないですが」

主人は私が求めた蘭の花にリボンをかけながら、うなずいた。

「すまないが、あのアカシヤの花を少しでいいからくれないか」

「いいですよ」

アカシヤの花は房のようになっている。気さくな主人は、その房を二つ、三つ、とってきて、

「どう包むかなあ」

などと言っていた。

車に戻って、弓子に見せたが、彼女は別に感動した表情は見せなかった。

「大連の初夏はアカシヤの花にうずまるんでねえ」

私は照れくさくなって、その花をかくすようにした。

弓子の家は小田原の海近くにあった。砂地の住宅街で、午後のせいか、ひっそりと静まりかえり、海の音がかえってその静かさを深めている。

「申し訳ありませんでした。こいつ、思いたつとすぐ何でもやるたちでして」

私よりずっと年上の弓子の父親は恐縮したように頭を幾度もさげる。この人が自分の初恋の女の主人なのかと、私は好奇心のこもった眼で眺めた。思いやりが深くて、生活観もしっかりしている中年男――、そんな男の一人にちがいなかった。もし弓子の母親が盲目にさえならなければ、この夫のそばできっと幸福だったろうと私は思う。彼は小田原に幾つかのガソリン・スタンドを経営しているのだった。弓子は父の話が終るのを待って、

「会って下さいます?」

とソファーから立ちあがった。

長い廊下の左に小さな泉水の見える庭があった。鯉が赤い線を描きながら泳いでいる。

その廊下をわたって奥の離れにつれていかれた。そして私が子供の時、夢中になった少女は、今、そこにいた……

附添婦らしい中年の女が会釈をしてそっと部屋を出ていった。彼女はロッキング・チェアに腰かけて、ぼんやりと海のほうを見つめていた。

さて向き合ったものの、私は何と言っていいのかわからなかった。盲目で、そして子供のような状態になった弓子の母は、表情のない顔を窓の一点に向けたままだったからである。海の音だけが単調な物うげな繰りかえしをつづけている。

「大連のこと憶えておられますか」

しかし彼女は返事をしなかった。

「小学校のことも、憶えていませんか。あなたは、チルチル・ミチルのミチルをおやりになった」

私はあの頃の思い出をひとりで語りつづけたがやはり無駄だった。

「思いだしませんか。ぼくたちが、あなたを追いかけたことを……」

しゃべりながら私は幾度も心に甦らせたあの光景を——アカシヤの花の散り舞うなかを男の子たちが一人の少女に、

「遊ぼうよ。遊ぼうよ」

と怒鳴りながら追いかけ、

「いやよ。いや」

と少女が駆けていった——誰にでもある、誰でも知っているあの光景を、今まで以上に、眼の前に浮かびあがらせた。

「アカシヤの花の下を……あなたは逃げて……」

そして私はさっき花屋で求めた白い滴《しずく》のようなアカシヤの花を彼女の顔に近づけた。

その時、突然、今まで無表情だったその顔に、秋の日の夕映えのように、烈しい感情のあらわれが見えた。そしてたしかに彼女はほほえんだ。まるで何か、埋れていたものを探しあてたように……

さすらい人

私は夏の軽井沢が嫌いだ。

東京の盛り場のように人間が溢れ、豪華な自家用車が狭いメインストリートを埋め、その混雑が神経をいらいらさせる。落葉松《からまつ》の林を散歩していても、必ず、埃をあげてマフラーをはずしたスポーツ・カーが横を通りすぎていく。そして、ここにはあまりにも顔みしりの先輩や知人の別荘がありすぎる。

だが八月の終りから、こうした騒音や人の群れが少しずつ消えていく。そして九月の上旬になるとまるであの夏のやかましさが嘘であったように軽井沢は静かになるのだ。

引きあげた別荘の窓は雨戸でかたくとざされ、人影の見えぬその庭に虫が鳴いている。子供の赤い靴が華やかだった休暇を思わせるように、たった一つ落ちている。小さなこの町の向うに蒼く、浅間山が八月には考えられなかったほどの鮮やかな輪郭を浮きあがらせながら、孤独にひとすじの白煙を空にただよわせている。

そんな九月の軽井沢が私は好きだ……

しかしこの五月、私は東京ではどうしても進まない小説に疲れ果てて、思いきって汽車に乗った。まだ軽井沢は誰もいないだろう。そして新緑がきっと美しいにちがいない。そこで仕事にかかれば考えのもつれも解けるかもしれぬ……そう思ったからである。

高崎を過ぎる頃から雨になりはじめた。横川駅のホームでは、名物の蕎麦を寒そうに一人の男がすすっていた。そしてその男の向うに妙義山が灰色に陰気に、雨空のなかにうかびあがっていた。

軽井沢の駅をおりたのは六時半である。五月だというのに誰もいないホームはひどく寒かった。屋根から雨がたれ、南軽井沢の曠野《こうや》は霧につつまれている。

駅前で車に乗り、Mホテルに向った。町に向かうアスハルト道が寂寥として鉛色にまっすぐ伸びている。一、二軒の土産物屋の灯が暗い。雨合羽をつけた土地の人が一人、自転車に乗っているほか人影はない。そして私が幾分の後悔を感じながら、到着したMホテルもガランとしてお話にならなかった。

「おや、こんな時に、お珍しい」

顔みしりのホテルのマネージャーがびっくりしたように、

「昨日まで晴れていたのですよ。それが今日から降り出したので……残念でございましたね」

私は仕事をしに来たのだから、ゴルフ客のように天候を気にはしないと笑った。しかし正直な話、この広いホテルのなかで雨の音を聞きながら部屋にとじこもっているのは憂鬱だった。

大きな山毛欅《ぶな》の樹が窓から見える部屋に案内され、ボーイが去ったあと、私は机の上に小説を書くために必要な資料やノートや、それからライターや煙草をおいた。同じような壁紙。同じようなベッドカバー。同じようなランプ……どこのホテルも変りはないのだ。

作家の生活というのはおおむね、わびしいものだ。一人ぽっちで、まるで旅芸人のようにホテルからホテルへ転々とする。話し相手もない長い一日。一人で食堂で食事をして部屋に戻り、そして朝がたまで仕事にかかる。

上衣をぬぎながら、いつものようにふかい溜息をついた。そしてバスに熱い湯がはいるまで煙草をすいながら、ぼんやりと立っていた……

うつろな食堂で一人、スープを飲んだがもとより食欲があるわけではなかった。私はボーイに夕刊をもってこさせ、それを見ながらフォークを動かしていた。

その時、誰かが入ってきた。

若い女性だった。若いといってももちろん娘ではない。人妻であろう。ボーイに案内されて彼女は私から少しはなれたテーブルに腰をかけた。

少し派手な顔だちと洋服にもかかわらず、その肩から背中の線に孤独な影があるのを私は見のがさなかった。

（ゴルフ客かな）

しかし女が一人、同伴者もなしに季節はずれの軽井沢にゴルフに来るとは考えられなかった。何か人生の辛いことがあって、一人でこのホテルにとじこもっているのだろうか。それとも、誰かとひそかに落ちあうために、そっとここに来たのだろうか。

珈琲《コーヒー》を飲みながら、それでもチラッ、チラッと彼女を眺めたがとに角、自分一人がこの空虚なホテルの客だと思っていた寂しさが、私以外にも泊り客があるのを知っただけでも救われた感じだった。

食事がすんだあと私はサロンにそったヴェランダで雨が落葉松にあたる音をじっと聞いていた。夏になると夜おそくまで、このヴェランダではあかるい灯の下で日本人や外人の避暑客が夕涼みをしたり、子供たちがピンポンをやっている。今年もまた、そんな季節が来るだろう。

部屋に戻り仕事にかかったが東京で放りだした仕事はやはり場所を変えても同じように難航しつづけた。一時ちかく、諦めた私は首を片手でもみながら、空気を入れかえるために窓をあけた。その窓からは大きな山毛欅の樹が見える筈《はず》だった。

黒々とした山毛欅の樹の向うに、ホテルの別の建物が見える。その建物にたった一つだけ灯のともった窓がこの時、眼にうつった。私はそこに、さっきの女性が窓にもたれているのを見た。

女性の部屋をたとえ、遠くからであれ覗くのは失礼だぐらい百も承知してはいたが、その時の私はいけなかった。好奇心にかられてしばらくその女性の様子をじっと眺めていたからである。

と、向うもこちらに気がついたのであろう。急に白い腕をのばし、窓のカーテンをしめはじめた。悪戯《いたずら》をした子供のようにこちらは顔を赤らめ、あわてて窓から離れ机に戻った。

「いやだわ」

彼女は私の告白を聞くと眼を丸くして笑った。

「女が一人でホテルに泊ると、すぐ妙にお考えになるのね。でも、小説家の方までが、そんな風にお思いになるなんて……」

翌日の食堂でまた偶然、一緒になった時、私が昨夜の非礼をわびたことから、二人は話をとりかわすようになった。

今日も残念なことに、雨だった。ホテルでは五月だというのに客間だけにはまだストーブをつけているぐらいだ。

「残念ですけど、わたし……実に現実的な用事で来たのですのよ。おわかりになります?」

私が首をふると、

「この夏の貸別荘を探すんです。ええ。主人が子供たちの健康のため、夏休みはどうしても山で過させろと申すものですから。もっとも主人は仕事の関係で、ほとんど来れませんけど」

正直な話、こちらはがっかりした。どんな男でも初めて会った女性が過不足ない幸福な人妻だとわかると、やっぱりがっかりするものだ。

「ええ。食堂に入ってらした時から、あなたが誰か、すぐわかりましたわ。時々、テレビなどでお目にかかっていますもの。でも、わたくし、申し訳ないんですけどあなたの小説は一冊も読んだことがございませんの。ごめんなさい」

結構な話じゃないか。口惜しまぎれに私は心のなかで呟いた。俺の小説を読む必要がないほど、君は幸福で今の生活に満足しているっていうわけだな。

「主人ですか。六本木で店をもっております。六本木のたつみという店です」

たつみなら西洋の骨董品を売る店で、Ｐホテルの地下にも支店をもっているほど有名だ。私もそこで古い壺と古い皿とを思いきって買ったことがあった。

「ああ、そうですか」

さすがに私もびっくりして、

「そんなら、お宅でお皿を買ったことがある」

彼女は口だけの礼を言って、

「明後日までに手頃な家を見つけたいんですけど……この雨じゃあ……困りましたわ」

軽井沢では自分の別荘を人に貸す家がかなりある。いい家は前年から話がきまるが、一度話がきまった家でも借り手の都合で夏前にキャンセルになる場合が多い。そういう家は値引きされるから五月から六月にかけて探しにくるのが一番有利なのだと彼女は説明した。

そんな主婦らしい言葉を聞きながら、私はこの女性にたいする興味を次第に失いはじめていた。断わっておくが私だって男である。初めて出会った女が神秘的なヴェイルに覆われている間は好奇心も興味もあるが、そのヴェイルが除かれて彼女が夫と子供たちだけのために生きている普通の主婦だとわかると、何だか、わずらわしくさえなってくる。

「わたしの子供の写真、お見せしましょうか。あら、部屋に忘れてきたわ」

忘れてくださったほうが、こちらにはむしろ有難かった。その言葉をしおに私は自分の仕事に戻ることができた。

午後まで雨が降りつづいた。雨が黒く光らせた落葉松と山毛欅の樹のなかで、嗄れた声をだす野鳥がしきりに鳴いていた。私はしきりに珈琲を飲み、煙草をふかし、それでも草稿をぎっしり四枚書いた。書いた草稿に今度は赤いボールペンで手を入れる。それだけで五時間かかった。ほぼ一段落ついた頃、私はかなり疲れていた。

その頃、ようやく雨があがりはじめた、山毛欅の梢《こずえ》のあたりが、ほんのりと白くなったので思わず窓によると、さっきまで薄墨を流したような空が割れて、まだ晴れたとは言えないが乳色の雲がのぞき、その間から、悦ばしい陽《ひ》の光がうっすらと差してきているではないか。あれほど陰気な声をだしていた鳥が今はどこかに飛び去り、そのかわり、頬白《ほおじろ》のような大きさの、しかし腹の赤い小鳥が梢から梢を飛びまわりながら、嬉しそうに声をたてていた。

（彼女はどうしたろう）

杉田と言ったな。あの女性は、杉田美奈子だったっけ。私は彼女の名前を思いだしながら、その借りている窓のほうに眼をむけたがカーテンも鎧戸《よろいど》もあいているのに、どうやら部屋には不在らしかった。きっとロビーで編物をしながらテレビでも見ているのだろう。シャワーをあびている間に、青空がぽっかりのぞいたらしく、私が髭《ひげ》をそりながらバス・ルームを出ると窓の下の床にもう陽がさしはじめていた。

こうなると仕事などはあとまわしだ。

鍵をぶらぶら弄《もてあそ》びながらフロントにおりるとそこで彼女にばったり会った。

「おや。ちょうどよかったわ。わたし、今から別荘を見にいくんです。散歩がてら、いらっしゃいません」

「あなたの御主人やお子さんの借りられる別荘を見にですか」私は皮肉を言った。「どうも損な役目ですな」

しかし、もちろん、私だって一人で散歩するよりは、何か当てがあるほうがよい。

「車を借りておきましたのよ」

彼女は手まわしがよかった。ホテルのレンタカーをボーイに命じて、車寄せにまわさせている。そんな頭の働きが、この女性がどんなにうまく家庭を切りまわしているかを私に思わせる。

彼女の運転でメインストリートの不動産屋に寄った。青写真をこわきにもった男を乗せて我々は三笠や南軽井沢や、それから六本辻にちかい幾つかの貸別荘をまわった。

貸別荘というのはやはり古い家が多かった。おそらく戦前はここの軽井沢族であったが、戦後はすっかり斜陽となり、とても昔の生活を維持していけなくなった人たちが自分の別荘をこうして貸すのだろう。庭や建物はひろいが、その庭は荒れたものが多く、家はどこかがこわれていた。

「どれもこれも気に入らないわ。これじゃあ化物屋敷を借りるようなものよ」

彼女は遠慮会釈もなく、不動産屋に不満をぶつけた。すると、その不動産屋は設計図の青写真を手にもったまま、恐縮して頭を幾度もさげた。

「ねえ。おじさん。もう少し、ましなのはないのかしら」

「そうですねえ。じゃア」

不動産屋は少し考えこんで、

「少し遠くてもいいですか」

「遠いって」

「三笠の奥を入ったところだけど」

「あの辺は湿気が多いんじゃない」

三笠の奥は有名な有島武郎がその恋人と自殺をしたところだ。私はあまり好きではない。樹々が密生していて、晴れた日でもあのあたりは暗い。

だが、私の知ったことではない。借りるのはこの杉田美奈子だし、彼女の夫や子供たちなのだから。

メインストリートをまた左に折れて、川にそった道を真直《まつすぐ》に車で走る。落葉松の梢から陽に光る雨滴が宝石のように落ちてくる。そして小鳥たちがしきりに鳴いている。野薔薇の花が白い。この左が丹羽文雄氏の別荘や私の友だちのY夫人の家のあるところだ。だが私たちは真直、道をのぼった。

やがて、赤い屋根が五月の若葉を通して見えてきた。この時はもう空は半ば以上、晴れあがり、ちぎれ雲は洗われたように真白だった。その青空と白い雲とが、道の水溜りに鮮やかにうつっている。私は野薔薇と若葉の匂いのしみこんだ高原の空気を吸いこんだ。

「ここですよ。奥さん」

それはスイスの山小屋《シャレー》を思わせるような石をつんだ壁と勾配の長い屋根と、暖炉の煙突とをもった家だった。

（シャれている）

と一眼見て私は思った。その上、境界のない庭に黄色いレンギョウの花が咲き乱れているのもよかった。大きな樅《もみ》の木が一本庭の真中にある。その木の濃い影が雨にぬれた叢《くさむら》の上にのびている。もしその樹の下で夏の午後、友人夫婦たちを二、三組よんで一緒にお茶でも飲んだら、どんなに楽しいだろう。そんな空想さえ私の心に起った。

「これは、いいわ。これなら気に入ったわ」

杉田美奈子も満足そうに庭からヴェランダにあがりながら言った。

「どうして、こんな別荘のあることを、かくしていたのよ」

「別にかくしていたわけではないです」

気の弱い不動産屋は掌でしきりに額をこすった。彼の話によるとこの別荘はデンマークの貿易商が三年前に建てたものだが、今年、彼等は一時、帰国するので貸別荘にしたのだそうである。

内部も狭いわりに上手にできていた。一階は小さいながらも暖炉と家具のついた客間があり食堂があり、女中部屋もあり、二階は夫婦と子供との寝室になっていた。いかにもデンマーク人らしい典雅と清潔さとが一緒になった家である。

「え、十五万円？　少しお引きなさいよ」

美奈子が不動産屋と交渉をはじめたので私は急いで大きな樅の木のある庭に出た。何という名なのかマーガレットによく似た茎《くき》のながい黄色い花が叢のなかのあちこちに咲いている。そしてここは下の渓《たに》が見おろせた。雑木林の梢が海のように拡がっている。三笠ホテルの屋根も見える。

（待てよ）

私はあることを思いだして立ちどまった。そうか。ここはあの場所のすぐ近くなのだな。方角が少しまがっているため、俺にすぐ摑めなかったが……

「いかが」

交渉がまとまったのであろう、杉田美奈子は機嫌のいい顔で庭におりてきた。

「これできまりましたわ。もし今年の夏、軽井沢にいらっしゃるなら、是非、お遊びによって下さいましね」

「結構でしたな」

「ヴェランダのそばにはどうしても誘蛾灯《ゆうがとう》が必要ね。でないと、食事の時、困りますもの。客間の家具はあのままでも、カーテンだけは変えたほうがいいような気がしますけど……どうお思いになる？」

私は少し驚いて彼女の顔を見つめた。夫でもないこの私に、カーテンの色、家具の並べ方をこの女はなぜ相談するのだろう。無神経なのか、それとも他人の当惑を考えぬほどこの別荘が気に入ったことが嬉しいのか、いずれにしろ、こちらには愉快な態度ではなかった。そ

のためか、

「しかし、この家には一つ欠点がありますな」

私はわざと彼女の陶酔に水をかけるようなことを言った。

「まア、何ですの」

「この庭の先をごらんなさい。雑木林があるでしょう。あそこで有島武郎が自殺したんです。恋人と……」

と、びっくりするほど彼女の顔色が変った。そして今までの陽気さをすべてくつがえすような暗い光がその眼に走った。

「申し訳ありません」あわてて私は弁解した。「冗談ですよ。あなたがあまり嬉しそうだから、からかったんです」

「ええ、わかってますわ」

しかし彼女は本気で腹をたてたのだろうか。くるりとうしろをふりむくと、ヴェランダに立っている不動産屋のほうに歩いていった。

帰りの車のなかでも彼女は機嫌が悪かった。機嫌が悪いというより、何か物思いにじっと沈んでいるようである。さっきまで青空だった空に、夕方の翳りをおびた雲がゆっくりと流れ、風が吹きだしたのか、落葉松林が梢に溜った雨滴を身震いしながらふり落した。

夜になって私が食堂におりると彼女はもう食事をすませたのか、ロビーでぼんやりとスト

ーヴの火を見つめていた。食事をすませて私は彼女のそばに近づき、

「どうも、さっきは、うっかり失言をしてしまって」

そうわびると、美奈子は微笑んで、

「まあ、気になんかしてませんわ。それより、わたしこそ自分のことにあなたまでお誘いして、御迷惑だったでしょう。いつも主人に叱られるんですの。我儘《わがまま》だって。一人娘で育ったせいですわ」

「いや。かえって色々な別荘が見られて、いい刺激になりました。ぼくらの仕事には見ておいて損というものはありませんからね」

ソファに腰をおろした私は煙草に火をつけ、やれやれと思いながら足をくんだ。

「お仕事のほうは捗《はかど》りまして」

「ポツポツです。まあ、忍耐強くやるつもりです。しかし別荘がきまったから明日お帰りですか」

「ええ。そのつもりです。もしおよろしければ御一緒に帰りましょうか」

私が苦笑して首をふると、

「そう」彼女は素直にうなずいて「でも明日からこのガランとしたホテルでお寂しくありませんせん」

「馴れていますよ。毎日が私にはこんなものです」

「本当に寂しいホテルね」

寒そうに彼女は肩をすくめ、あたりを見まわし、それから突然、言った。

「もし、わたしたち二人がこうしているところを誰かが見たら、どう思うでしょうね」

「夫婦だと想像するかもしれませんな。仲のいい夫婦が子供を祖母にでもあずけて、週末遊びに来ているとでも思うかもしれない」

冗談めかしたが私は真実、そう考えたのだった。こうしてストーヴのそばで妻や家族と一緒に腰をおろしながら話しあっているような生活——そんな生活は私にはなかった。そのかわり仕事部屋やホテルでの一人ぽっちの日常が何時《いつ》もつづいていた。

「ねえ、有島武郎ってどうして自殺なんかしたんでしょう」

彼女はストーヴの炎をじっと凝視しながら急にそんなことをたずねた。その炎は乾いた砂のような音をたてて燃えていた。

「奥さまや坊ちゃんとの生活を棄ててまでなぜ、自殺したのかしら。この軽井沢で……」

私は黙っていた。有島武郎が今日訪れた三笠の暗い森のなかで愛人と自殺した時も、長い雨がふりつづいていたという。武郎はその雨の音を聞きながら、愛人と最後の営みを行ったのだ。それが終ってから彼は遺書をかいた。そして二人の死体が腐るまで長い長い雨は降りつづいていた。だがこの女にはそういうことはわかるまい。生涯、わかるまい。

「人間は外面《そとも》だけでは判断できぬものですよ。外側は倖せそうな人だって心の裏にどんな暗い秘密をもっているかもしれない」

「そうかしら」彼女は両手を頬にあてながら独り言のように呟いた。「わたしには……わからないわ。わたしは、きっと倖せすぎるのかもしれないわね」

「そんなに今の生活に満足していられるのですか」

「だってそれはいけないことではないわ。わたしは主人に愛されているし、わたしは自分の家庭を愛していますもの……」

「もう部屋に戻りましょう」

私は少し疲れていた。それにこの夫人のおしゃべりから逃れて、スタンドの光の下で自分だけの孤独な内面の世界に入りたかった。白く机の上に開《ひろ》げられた原稿用紙や資料のノートが私のまぶたに浮かびあがった。

「明日はもうお目にかかれませんわ。わたし、早くここを引きあげるでしょうから」

「何時の汽車で?」

「いいえ。汽車じゃなく、ここの車を借りることになってますの」

「御自分で運転されて」

「ええ。だからもしおよろしかったら、御一緒にいかがかしら」彼女はもう一度、私を誘った。「本当にお宅までお送りしてよ」

私は笑いながら手をふった。そしてフロントで毛布《ブランケット》を一枚余計にもってきてくれるようにたのみ、十一時に珈琲を注文した。

それが私が彼女を見た最後である（今、考えてみると私はあの時、階段をのぼりながら彼女にお休みなさいさえ言わなかった）。

そしてその翌日、碓氷峠《うすいとうげ》で彼女は車を渓に転落させて死んだのである。


軽井沢の警察署では熊《くま》の平《たいら》の真下で車がスリップした時、ハンドルを逆に切りそこねて落ちたのだと考えていた。碓氷峠の事故としてはそう珍しいことではない。一日、少しやんだ雨があの朝、また執拗に降りはじめて道は滑りやすくなっていたのだから。とに角、車がホテルのレンタカーだっただけに取調べの刑事がフロントに度々、来たようだ。

その事故のわかった日、ホテルは更に陰気になった。マネージャーもボーイたちも沈鬱な顔をして押しだまり、客の私にさえ、ほとんど声をかけなかった。雨は相変らず絶え間なく窓の向うの山毛欅に降りつづいている。不吉な嗄れた声をたてて鳥が鳴いている。

私は窓から暗い風景を見ながらとも角、仕事をやりつづけた。人生には歎いたり悲しんだりしてもどうにもならぬことが多すぎる。誰を恨んでいいのかわからぬことが、有りすぎる。あれほど倖せそうに見え、夫や子供のために手頃な別荘を嬉しげに探していた女がその翌日、死んでしまった。そうしたあまりに残酷な事実を私のような年齢の男は幾度も見てきた。そして、そういう時、どうすればいいかも知っていた。だから私はその日、余計に仕事に没頭したのである。

　夕暮、また空が晴れてきた。私は次第に頭に溜ってくる彼女の思い出を追い払うために外の空気を吸おうと思った。そして部屋の鍵をしめロビーにおりた時、ボーイが、

「お手紙です」

　と一枚の封筒をわたした。裏をかえすと差出人の名はない。しかし表の字から私はなぜか直観的に彼女の手紙だと感じたのである。

　封筒をポケットにねじこんで外に出た。雨は少しずつ遠ざかり乳色の空に離山《はなれやま》が黒い姿を浮かびあがらせていた。浅間は中腹まで見えたが頂きはまだ雲に覆われていた。

　私がなぜあの時、すぐ手紙を読もうとしなかったのかわからない。そしてなぜ私の足がまるで磁石にでも誘われたように、一昨日、彼女とたずねたあの三笠の貸別荘に向かったのかもわからない。我々の心には理窟では説明できぬ衝動があるのだ。

　とに角、私はいつの間にか、あのデンマーク人の別荘へ歩いていた。そしてふたたび、大きな樅の木が主人のいない家と庭との頑固な番人のように突ったっている庭に足をふみ入れていた。

　雨はあがっていた。だが叢はしとどにぬれていた。そして時折、風が向うの雑木林をゆさぶっていた。一昨日、彼女が倖せそうにそこにたっていたヴェランダにはもちろん誰もいない。そのヴェランダに面した客間《サロン》の戸はかたくしまっている。だが私はそこで、

「いかが。この家。気に入ったわ」

そう言っているあの女性の姿をまだ見ているような気がした。

「主人も悦ぶわ。子供たちもきっと気に入ると思うのよ」

私は眼をつむった。眼をつむって、しばらく風の音を聞いていた。それからポケットに入れた封筒をとりだして、その封を切った。

「軽井沢の駅でこの手紙を書いています。これを投函したら、明日はお手もとにつくでしょう。色々と有難うございました。私はもうここに来ることはないでしょう。あの別荘も主人や子供たちは来ても、私は来ることはないでしょう。私は昨夜、ストーヴのそばで伺った有島武郎の話を思いだします。でも、もしあなたが一緒に帰って下さったなら、私はふたたび幸福な妻を装って主人のところに戻れたかも知れませんが……」

手紙はそこで終り、最後の字は彼女の掌であったのか、インキの染みがついていた。

手紙はそこで破り棄てた。そしてこの手紙のことはホテルのマネージャーにも、もちろん彼女の夫にも言うまいと思った。私がそう錯覚したように、あの女性はみなの眼から、「倖せだった主婦」と永久にうつるべきだし、そうせねばならぬのだと思ったからである。

だが昨年だった。私は仏蘭西《フランス》から久しぶりに帰国した友人、Sの歓迎パーティで恰幅《かっぷく》のいい紳士と、その美しい夫人に紹介された。

「知ってるだろ」

私を彼女に紹介してくれたのは画家のMさんだったが、

「六本木のたつみというお店。そう、西洋のいい骨董を集めている。あのたつみの加納さんとその奥さんだ」

夫妻は微笑しながら、私にあなたの小説は読んでいますと言った。しかし私は茫然と二人の顔を見ていた。

「え、どうしたんだ」Mさんはいぶかしげに言った。「変な奴だな。なぜ黙っているんだ」

「いや、何でもない」

我にかえり、私はあわてて微笑をかえした。そして不意にたずねた。

「ひょっとして杉田という女の方を御存知ですか」

「いいえ」夫人はふしぎそうに首をふって、夫を見ながら、「あなた、御存知？」

「杉田、杉田……知らないなあ。いや、存じませんよ。そういう御婦人は」

夫婦のどちらもが嘘をついているとは私には思えなかった。すると……あの女性は一体誰なのだろう。彼女はなぜ、私に夫は「たつみ」を経営しているなどと言ったのだろう。女の虚栄心か。それとも……

それとも……私はその時、Mさんや本当の「たつみ」の夫妻となごやかに談笑しながら心のなかで考えていた。ここに一人の不幸な女がいる。そしてある日、彼女は死ぬことを考える。一日だけ——最後の一日だけ彼女は自分がいつも心に描いた幸福を演じようと思う。そして山のホテルで、彼女は決して借りない別荘をたずね、そこで楽しい生活を自分のために言いきかせる。「家具の色はとも角、カーテンは変えねばいけませんわ。カーテンは……」

カーテンは変えねばいけませんわ。カーテンは。

「お子さまは何人ですか」

私は彼女のために、この夫婦にたずねた。

「二人です。男の子で、悪戯っ子で手がつけられません」

夫人は幸福そうに答えた。

女優たち

このところ、たてつづけに女優のリサイタルを観《み》にいった。吉永小百合《よしながさゆり》さんのリサイタルと天地総子《あまちふさこ》さんのそれである。

天地さんとは、半年ほどラジオで一緒に仕事をしたことがある。一種の社会時評のような番組で、マイクをおいたテーブルを前にして彼女を相手に、昨日や今日の出来事を私がしゃべるという仕事だった。

以来、彼女から時々、電話をもらう。受話器の奥でいつも忙しい、忙しいと、この可愛い努力家はこぼしている。ほとんどのテレビCMソングは天地総子が引きうけているのだ。今度のリサイタルでも彼女は二十ほどのCMソングをたてつづけに歌いわけた。

吉永小百合さんとは女優としてよりは早大生の彼女に会ったと言っていい。吉永さんは早大の卒論テーマに切支丹時代の研究をえらぼうかと思われたらしく、ある日、同級生と二人で拙宅にヒョッコリ遊びにこられた。女子学生らしい服装で、聞けば電車にのって来たのだという。その日、私は意識的に彼女を女優として扱わなかった。彼女だってそのほうがいいと思ったからである。私は幾つかの本を参考文献として教えたが、その一、二冊は既に彼女は買っていた。

だが今日はちがう。今日は私の知らない女優吉永小百合さんのリサイタルで、彼女から招待をうけた私は新宿の厚生年金会館ホールの二階で友人のH君と腰をかけていた。H君は彼女の所属する日活の社員である。

無数のカーネーションを飾った舞台に吉永さんは小さくみえた。マイクを片手に彼女は次から次へと歌を歌い、次から次へと衣裳《いしょう》を変えた。第一部の歌が終ると、第二部で彼女は自分のために作られた曲をオーケストラを伴奏にしてピアノを弾いた。

「あの方が吉永さんのお母さんです」

とH君がそっと囁《ささや》いた。なるほど私の右方の席に品のいい御婦人が一生懸命、舞台に注目されていた。彼女は体全体で吉永さんのピアノを聞き、まるで自分が演奏しているように、曲にあわせ指を動かし、そして演奏が終ると、嬉しげな微笑がその頰にうかんだ。私はその時、友人の評論家、村松剛《むらまつたけし》の言葉を急に思いだした。村松剛は妹さんの村松英子《えいこ》の初舞台を観た時はもう胸がドキドキとして「とに角、ころばないでくれ」それしか考えなかったと言っていたからである。自分の肉親がもし舞台に立てば私とて同じ気持だろうと思うと、村松の気持がよくわかった。

私はまわりを見まわした。吉永さんのファンはどういう人が多いだろうと知りたかったからだ。大半は若い学生やオフィス・ガールだった。サユリストといわれるそれら学生たちのなかには、吉永さんが歌を歌うと膝でリズムをとっている者もいた。彼女が洋服を変えて出るたびに、私のすぐ横にいる青年が大きな溜息をつき、食い入るような眼でその一挙一動を追っていた。

休憩時間にプログラムを見ると、吉永小百合ファンの会というのがあって、誰でも入会できると書いてある。会員にはバッジや小百合手帳や会報の「さゆり」を送ってくれるそうである。

「はいるかなぼくも」

私がH君に金をわたし、手続きをとってくれないかと頼むと、

「ほんとですか」

H君はニヤニヤ笑ったが、私も笑って、

「ほんとだよ」

「じゃ、手続きをとっておきましょう」

と彼は承知した。

十日ほどして、毎日、書斎に運ばれてくる部厚い郵便の束のなかに吉永小百合ファンクラブと印刷された封筒が入っていた。なかを開くと私の名を書きこんだ会員証や百合の花をあ

しらったバッジや会報が入っていた。

会報をパラパラとめくると、高校生や大学生、会社員や店員というファンの投書が掲載されている。いずれも「小百合ちゃん」という呼びかけにはじまり、彼女を讃美し彼女を励まし、彼女に希望を懸命にのべている。私はそれを読みながら、あのリサイタルの日、大きな溜息をついて舞台を見つめていた隣の青年の顔を思いだした。


私が吉永小百合リサイタルにつめかけたあのファンたちと同じ年齢の頃、どんな女優が若者たちの胸をときめかしただろう。高峰三枝子《たかみねみえこ》、高峰秀子《たかみねひでこ》、原節子《はらせつこ》、高杉早苗《たかすぎさなえ》。しかしこれらの名前も今の若い人たちに語ったところで、おそらくピンとこないにちがいない。

私が、ひとりで映画を見にいったのは中学校の三年の時からだった。当時は阪神の中学生は父兄の同伴なしに映画館や喫茶店に行くことはかたく禁じられていたから、映画館の暗い隅で誰かに発見されぬように銀色のスクリーンを見つめるのは、罪悪感を伴った妙なスリルがあった。のみならず私が通っていた灘中学(今の灘高校)はその頃からスパルタ教育であったから、一人で映画に来ていることがばれると、それだけで停学になる怖《おそ》れがあった。

そんな危険のなかではスクリーンの俳優たちは私のような悪戯《いたずら》小僧にはこの世ならぬ存在に見えた。戦争は既に中国全体にひろがっていた。学校には鞭を片手にもちピカピカと光る乗馬靴をはいた配属将校の少佐が歩きまわっていた。彼はその鞭で、我々を泥水のなかにいつまでも匍匐《ほふく》前進させた。

のび盛りの中学生にとっても暗い嫌な時代だった。戦争の意味も悪もまだよくはつかめなかったが、しかし本能的に自らの未来が暗い傾斜に向かって滑りつつあることがわかっていた。

そんな時——

かくれて見る映画館の埃くさい匂いさえ、一つの逃げ場所だった。銀幕に登場する俳優たちは私たちにはまるで別世界の人種のように思われた。彼等が送る生活や恋愛や住んでいる白いシャれた家は私たちには幸福の象徴のようにさえ見えた。

吉永小百合さんのリサイタルで、憧れをこめた眼で舞台を見つめていた学生の姿——あれと同じような眼で私もかつて桑野《くわの》通子《みちこ》や高杉早苗や高峰三枝子の姿を見たのである。吉村公《よしむらこう》三郎《ざぶろう》氏の『暖流』が上映された時、私は白い大きな縁《ふち》のある帽子をきて真白な服をきた高峰三枝子の美しさに（中学生のくせに）仰天したのをまだ憶えている。『光と影』という映画で軽井沢の落葉松《からまつ》林のなかを駆けていった原節子のこぼれるような笑顔はまだ脳裏に残っている。

桑野通子について言えば、私はせっせとファン・レターを出したものだった。

「拝啓　お元気で毎日、映画の撮影でお忙しいことと思います。ぼくはまだ中学の四年生ですが、あなたの映画はほとんど欠かさず見ています。そしてあなたのプロマイドを机においいて見るたびに、胸がドキドキします。返信用の切手を入れますので、どうぞ返事を下さいませんか。写真も下さい。よろしくお願い致します」

今、考えると、まあ、よくそんなアツかましい手紙を出したと思うが、もちろん返事は来なかった。銀幕のスターにはニキビ面《づら》の中学生の手紙など、読む暇もなく屑《くず》かごにたちまち放りこまれたと思うのだが、毎日、学校から帰るたび、

「ぼくに何か郵便、来てなかったかい」

家族に玄関から叫ぶ私にとっては、諦めきるまでの一か月はどんなに長かったかわかりはしない。後年、作家になって、その桑野通子の一人娘である桑野みゆきさんと対談をした時、私は縷々《るる》として当時の恨みをのべた。

「まア、そうでしたの。母にかわってお詫びしますわ」

と桑野みゆきさんは困ったように笑った。

「ファンの恨みというのは、いつまでも消えんものです」

「大事にしなくちゃ、いけませんね。ほんとに」

「じゃ、あなたなら、どんなファンにも返事を書きますか」

「書きます」と彼女ははっきり断言した。「もっとも返事が届くまで時間がかかるでしょうけど」

彼女の母親である桑野通子は若くして戦争後すぐに死んだのである。みゆきさんにもお母

さんの記憶はそれほど沢山ないようであった。

しかし私があの頃、出したファン・レター――それは今日、多くの俳優が毎日、もらうファン・レターと大差ないようだ。吉永小百合ファンクラブの会報を見るとその末尾にかつて私が桑野通子に出したのと同じような手紙が幾つかのっている。


大学時代はさすがにファン・レターを送るようなことはしなかったが、それでも映画熱はさめなかった。

大学の二年の頃、私は小田急の経堂《きようどう》というところに住んでいた。この一帯は空襲からもまぬがれた住宅地だったが、まだ武蔵野の雑木林がほうぼうに点々と残り、冬など私は毎朝、その雑木林を白い息を吐きながら歩いた。雑木林の向うにバスの停留所があり、そのバスにのって私は三田の慶応大学に通学するのが毎日の日課だった。雑木林を歩くと靴の音で霜がくだける乾いた音がきこえるのが気持よかった。

ある日、私はそのような通学の途中、林のふちにそった小さな二階だての家に一人の娘が掃除をしている姿を見た。彼女はあまり掃除がうまくないらしく、箒《ほうき》を右手にもったまま、左手で口をポンポン叩きながら、あくびをした。そして二階の窓から、私を見おろし、二人の視線が合うと、急にツンとした表情で部屋のなかに姿を消した。

かなり可愛い娘だった。少くともこの附近を歩きまわっている私もこんな娘が近所に住んでいるとは知らなかった。そして、できるなら、何とか近づきになりたいものだと考えた。

その後、三度か、四度、彼女を見た。夕暮、この娘は窓にもたれて歌を歌っていた。かなりいい声だった。歌はその頃、はやっていた『星影の小径《こみち》』という歌だったと思う。犬をつれて雑木林を走っている彼女の姿も見た。犬はどこにでもある雑種の恰好のわるいチビ犬で、走る彼女の足にとびつき、そのたびに叱られていた。そして娘は林のふちで自分を見ている私に気がつくと、初めての時と同じようにツンとして、こちらに背を向けたまま家にすぐ戻っていった。その黒いスェータを着た背中に、陽《ひ》が丸くあたっていたのを私は今でもはっきりと憶えている。

それから彼女を見ることが全くなく一年ほどたった。

父の家に勤めていたお手伝さんは私に負けぬほど映画が好きだった。彼女の小さな部屋には石浜朗《いしはまあきら》というその頃、少女たちに人気のあったスターのプロマイドが幾つかはられていた。そしてこのお手伝さんも暇があれば、むかしの私と同じようにせっせと、ファン・レターを書くのだった。

「石浜さん。お元気ですか。わたくしも元気で働いておりますから、御安心下さい」

そして彼女は書きおわると、私にそれを見せ、文章や字を直してくれと言うのが常だった。

「これはおかしいよ。トモちゃん。だって石浜朗は君が元気であろうが、なかろうが、別に安心する必要はないだろ。だって君の顔を見たこともないんだから」

「だって手紙って、そういつも書くんじゃないんですかア」

彼女は私の忠告にかかわらず、いつも、

「石浜さん。お元気ですか。わたくしも元気で働いておりますから、御安心下さい」

という書きだしで、せっせとファン・レターを書きつづけていた。

そのお手伝さんが、ある日、突然、

「大変です。大変ですよ」

と私の勉強部屋にとびこんできて、

「大変なんです」

「何が大変なの」

「雑木林のところに二階だての家があるでしょ。あそこの家の娘が東宝の新人スター試験に入ったんですって」

「誰から聞いたんだい」

「八百屋で、オバさんが言ってたんです。あそこのお母さんもよく八百屋に来るんです。オバさんそのお母さんから聞いたんですって」

「へえ――。本当かい」

私のまぶたの裏には、雑木林のなかに白い犬をつれて走っていたあの娘の姿や、陽があたっていたその黒いスェータの背中が浮かんだ。

「でもね。試験にうかったからって、みんなスターになれるって限らないんですからね」

うちのお手伝さんは幾分、口惜しそうにそう言った。彼女にとってみれば、自分とほとんど同じ年の娘が憧れの銀幕に入ったことが内心、愉快ではなかったにちがいなかった。そして私自身も正直に言って、あんな素人っぽい、どこにでもいる娘が銀幕のスターになれるとは思えなかった。せいぜい彼女はエキストラの一人か、よくて台詞《せりふ》の一つか二つを与えられるチョイ役で終ると考えていた。

だから――

その後、更に一年ほどたって、彼女の写真が新聞に出た時、心からびっくりした。

「あの子じゃあないか」

新聞に眼を落して私は思わず声をあげた（私は彼女の本当の芸名をここに書きたいのだが、現存しているこの女優に迷惑をかけるといけないので、一応、その名を伏屋《ふしや》雪子《ゆきこ》としておく）。雪子はその頃、某映画会社が作りだした『性のめざめ』的なシリーズに登場する女子高校生の役として抜擢されたのである。写真のなかで女子生徒の恰好をして、セーラ服のスカートを一寸《ちよつと》もちあげ、腿を見せた彼女の顔には見憶えがあった。しかし、二年前、雑木林のなかで犬と遊んでいた面影はほとんど消え、映画女優らしい作り笑いと大人びた態度が代りにその表情にあった。

彼女が映画会社に入った時、大変です、大変ですと私に知らせてくれた女中はお嫁にいってもう家にはいなかった。私は仕方なしに一人で、伏屋雪子の出演する映画を渋谷に見にいった。そしてその映画館の立看板に男から制服をはがれ、上半身、シュミーズ一枚になって抵抗している彼女の似顔を見つけた時、まるで自分の姉妹の裸体でも眼の前にしたように顔を赤らめた。

映画はドギつく、安っぽかった。真実、私はこのような映画からあの娘がデビューしたことを善《よ》いと思えなかった。しかし当時は戦争の傷がまだいろんなところに残っていた。人妻でありながら身を売った女性も珍しくない毎日だった。

泡のように浮かび、泡のように消える泡沫《ほうまつ》女優になるかと思っていた雪子は意外にそういう時代の波にのって、一作、一作、名を売りはじめた。

グラマー女優というのではなく、むしろ楚々として可憐な顔だちなだけに、かえってそんな性典《せいてん》ものに彼女が出ることは観客の倒錯的な趣味を悦ばしたのだろうか。

雑木林のそばにある彼女の家の表札が変っていた。私の知らぬまに彼女の一家は引越していたのである。古い、みすぼらしいこの木造の家屋には山口と芝という二つの表札がかけてあり、あたらしく二家族が同居していることを示していた。

私は娯楽雑誌で彼女の引越先を調べ、それが成城に移ったことを知った。成城といえば、ここ経堂よりはずっと高級な住宅地で、かなりのスターがここに住んでいるのである。

その家をある晴れた晩春の日、私はそっとたずねた。

経堂時代の木造の家とはくらべものにならぬほどシャれた家だった。門のところに桜の木があり、花が満開にひらいている。伏屋という表札の下にそのはなびらが白く散っている。そして二人の中学生らしい女の子がその前でウロウロしているのを見ると、私は自分もその一人のような気がして、あわてて引きあげた。

一人のなんでもない娘が次第にスターになっていく過程は私にはわからないが、その生活の急変だけはこの眼ではっきりと確かめることができた。

その頃、ある娯楽雑誌にのった彼女のインターヴュー記事を、私は今でも持っている。質問者は「どういう女優になりたいか」とか「どこに行きたいか」と、愚劣な質問を次から次へと彼女にあびせ、それにたいし、

「私、巴里《パリ》に行きたいんです」

「へえ、どうして巴里？　アメリカじゃないのですか」

「どうしてって、ただ何となく」

そういう答をしている伏屋雪子に私はかえって好感のようなものを感じる。いかにも無邪気な一面がまだ残っているように思えたからである。

それから二年、私はフランスに留学し、彼女の作品を見てはいない。彼女が行きたいとインターヴューで言った巴里で私は勉強していた。彼女の名も日本映画のことも、二年のあいだ、私の頭から離れてしまっていた。

帰国して、私は伏屋雪子の名が映画館のポスターにも、広告欄にもそれほど見かけないのに気がついた。

出演していないのではない。しかし、もう傍役《わきやく》にさがっていたのである。この二年の間に彼女を追いぬく若いスターが次々と登場して、いつの間にか彼女は主役の座から引きずりおろされたのだろう。私は二、三本、その時代の彼女の映画を観たが、彼女は主役女優の演ずる女性の友だちとか、主役男優の演ずる男性の妹という役をやらされていた。角力《すもう》でいえばかつて三役だったものが、今は前頭、二、三枚目にさがったといった気がした。そしてその顔だちも、勿論、むかしの面影は残ってはいたが、横を向いた時など、フッと疲れたような影が私には感じられた。

その冬、私は偶然、伏屋雪子を見た。渋谷の東横百貨店の前である。彼女はそこに派手な恰好をした外人とやってきた。外人の男が車をおきにいっている間、彼女は人眼をひく白い外套姿《がいとう》で歩道に立っていた。

「伏屋雪子よ。そうよ」

私の横で二、三人の女子高校生が囁きあい、その声はたしかに彼女の耳に届いたのであろうが、伏屋雪子はそれを黙殺するようにツンとしていた。むかし林のなかで私から見られているのを意識してツンとしたあのことが心に甦り、私は思わず微笑した。

しかし勇敢な女子高校生たちが手帖をだして、

「サインして下さい」

とたのむと、彼女はいかにも面倒臭そうにその手帖をうけとり、万年筆を走らせてそのまま突っかえした。突っかえしたと言うのが一番、適切なような態度だった。

もはや三役ではなく、前頭二、三枚目の位置にさがっても、やはりファンがあり、こうしてサインを街頭でねだられるのかと私は少し驚いていた。しかしまもなく車をどこかにパーキングした外人があらわれ、彼女の体をだきかかえるようにして百貨店に姿を消した。これが私がこの女優を眼で見た最後だった。

作家になってから私は仕事として女優たちと対談することがたびたびあった。私はそのたびごとに伏屋雪子のことを思いだした。

対談する女優たちは色々な型があった。あきらかにアセっている女優。追われる身になって不安を感じている女優。逆に今や人気をえはじめて嬉しさと得意をかくせぬ女優。他人から教えられたような答を一生懸命して少し突っこむと黙ってしまう女優。大女優ぶっていかにも賢そうなことを言おう言おうとする女優。

にもかかわらず、私はどんな女優でも好きだった。どんなに忙しくても女優との対談なら承知して出席したのは一つは、映画が子供の時から大好きだったせいもあるが、しかしそれよりも彼女たちが渡っていかねばならぬ人気商売というモロい、危《あやう》い一本の綱が私の興味をひいたからである。右の足に力を入れすぎれば落ちる。左の足に重心をかければころぶ。そんな曲芸のような人気商売の不安や苦しさをファンたちは決して考えない。ファンたちはいつも彼女に要求する。

（もっと美しく、もっとやさしく）

そして、あたしたちを幻滅させないで頂戴と言う。

そんな女優たちの顔のうしろに私は伏屋雪子の姿をいつも思い描いた。彼女の名はもう新聞の広告にも週刊誌にものらなくなった。私がある雑誌の若い編集部員に、

「伏屋雪子と対談したいんだがね」

と言うと、

「伏屋雪子。そんな女優いたんですか」

と彼は首をかしげて答えた。

「じゃあ、編集長に相談してくれないか」

私の頼みはしかし二、三日すると編集長自身が電話で拒否してきた。

「とも角、もう伏屋雪子なんて憶えている者も少いでしょう。どうもネーム・ヴァリューのある女優じゃないと。やっぱり野川《のがわ》由美子《ゆみこ》と対談して下さい」

「そうですか。それなら仕方がない。その代り、調べてくれませんか」

「調べるって、何をです」

「もちろん、伏屋雪子が今、何をしているかですよ」

その午後、私は大学時代からとも角も見つづけてきたあの女優が今、何をやっているかを知った。

なんと、彼女は結婚して一時、映画界を退《しり》ぞいたが、主人と別れた後、子供を育てるために地方をまわる劇団で働いていると言うのである。

「ぼくは知りませんが、彼女の芝居を観た新聞記者にきくと、随分、落ちぶれたそうですよ」

「もう映画界に復帰できないのですか」

「駄目でしょう。今更、トウのたったむかしの女優なんか使う物好きな監督もいないでしょうし」

その日、私は野川由美子さんと対談しながら、心の半分が鉛をつめこまれたように重いのを感じた。

野川さんは当時、日活の『肉体の門』でデヴューしたばかりの新進女優だった。『肉体の門』における彼女の体あたりの演技はなかなか好評で、彼女は対談中もひかえめではあったが、烈しい闘志をその大きな眼に時々、キラッ、キラッと見せた。

野川さんの表情から若い熱気を感じれば感じるほど、私は伏屋雪子の今のみじめな姿を空想した。

伏屋雪子だって、かつてこの野川さんと同じように華々しくデヴューをした時代があったのである。その時、彼女は自分の未来がいつまでも洋々としていることを信じたにちがいない。

だが彼女はおそらく、慢心し、気がゆるみ、自分の名声に酔い、そのために一歩一歩、若さで獲《え》た階段の頂きから、滑りおちていったにちがいないのだ。女優の生活のきびしさを見ぬいていなかったのだ。

「結局、ファイトと一緒に努力ですね。女優の一生も」

と私はさりげなく、しかし本心から野川さんに言った。

「そうだと思います」

「努力して下さいね」

帰りがけ私は彼女にそう小声で言ったが、それは局外者として精一杯の忠告だった。私はこのファイトにみちた野川さんが五年も十年も今の栄光を保持してくれることを希望した。

この九月、私はK放送局の主催で熊本や天草に講演旅行をした。

天草には四年ほど前に出かけたことがあるが、最近天草五橋ができてから、まだ訪れたことがない。講演旅行中、いちばん楽しみにしていたのは、この五橋をわたって天草をたずねることだった。

ところが相憎《あいにく》、雨だった。折角《せっかく》の風景もこの雨のためにだいなしである。空も古綿色にひくく垂れこめ、海は鉛色で、晴れていたならば色鮮やかな島々も暗い雨のヴェールにとじこめられて沈鬱にかすんで見えた。

その上、掘りかえされた道は至るところ、泥となり、まるで沼のなかを渡っていくような感じだった。

「中支で戦争をしていた時を思いだしますよ」

同行してくれたK放送局のM部長は厚い掌《て》でしきりに曇る窓硝子《ガラス》をふきながら、感慨ぶかげにつぶやいた。

三時間ほどそんな悪路をこえて、ようやく講演会場のあるHという港町についた。四年前には魚の匂いがたちこめていた小さな町だったが、天草五橋ができてから、ここも急にホテルやドライブインが建てられ、ネオンの光も強くなっている。

「しかし、この雨じゃあ、聴集が集まるかなあ」

と私が心配すると、

「大丈夫です」とM部長は断言した。「向うからの要望で、みんな楽しみにしているんですから」

その言葉通り、六時に講演会場につくと、雨のなかを熱心な聴集が次から次へと門をくぐるのが見えた。

私は一時間、私の最近、書いた小説についてしゃべり、次に話す旅行評論家の戸塚文子《とつかあやこ》さんに交代して一足さきに会場を出た。

雨はあがったが、町は暗い。宿舎のホテルに行く路《みち》に光のさしているのはパチンコ屋か、トリス・バアか、それから小さな映画館ぐらいのものだった。映画館の前には毒々しい半裸の女を描いた看板が並んでいて、すりきれたベルの音がひびいた。港町の場末のいかにも、わびしい映画館だった。そしてその看板を何げなく見た私は思わず、

「あっ」

と声をあげた。

「運転手さん、車をここで停めて下さい」

「え?」運転手はいぶかしげに「ここで停めるんですか」

「そうです。雨もあがったし、一人でぶらぶら歩いて帰りますから」

「でも道がわるいですがねえ」

「いや、いいんだ、一寸《ちよつと》、買物もあるし……」

そして、まだふしぎそうな顔をしている運転手がやっと車を通りの向うに走らせ、その尾灯《びとう》が見えなくなると、私は急いで映画館の前にたった。

客をよびこむベルだけがひとり、かすれた音をたてて鳴っている。だが、客はほとんどいないようである。

「東京の伏屋雪子劇団」

私は毒々しい看板にその文字が書かれているのを見た。『情炎の街角』『銀座の女王』それらが出しものだった。

（そうか。ここに来ていたのか）

私はまるで長い長い間、さがしていた人にめぐりあったようにその看板を眺めていた。地方巡業の一座を組織して町から町へ流れているのだと、あの編集長は言っていたが、私はやっぱり半信半疑だった。

しかし眼の前の看板に、着物の襟《えり》を大きくひらいた女の似顔はあきらかに伏屋雪子のものだった。

私の脳裏にはむかし、経堂の雑木林の家で掃除をしていた彼女の姿が残っていた。窓わくにもたれて歌を歌っていた彼女の姿が残っていた。落葉の降りしきる林のなかで犬をつれて駆けていた彼女の姿が残っていた。その黒いスェータに陽があたっていたのを憶えていた。

海の見えるヴェランダ

「すると何か、奥さんのその悲鳴をきいたのは十時だったわけか。確かだね」

刑事は開襟シャツのポケットから古手帖をとりだし、鉛筆を耳の穴の中で廻しながらたずねた。

「十時前には誰も奥さんの病室には、はいらなかったかね」

「いいえ。あたしもはいったんです。九時半頃パスと水とを持っていったんです」

「パス？」

「結核の薬なんです」

「うん、奥さんは肺病だったな。あたしも、と言うと、ほかには誰がはいったんだ」

「峯さんもはいったと思います」

「病人の女医だな。その女医はこの家にずっと寝泊りしているんだろ」

「そうです。奥さんの女学校の時からの、お友だちなんです。峯さん、何時《いつ》ものように奥さまがお休みになる時、睡眠薬をうって差上げるんです」

「その峯さん、何時頃、病室を出た」

「知りません……あたし、すぐ自分の部屋に戻って寝ましたから」

「ふん」刑事は鉛筆の先についた白い耳垢をしきりに指でまるめていたが、「あんた、アルバイトの女子学生だったたね。奥さんと峯さんの間で何か気まずいことはなかったかね」

「今夜ですか」

「今夜じゃない。平生《いつも》だ」

私は眼をつむった。体の芯がぬけたような気持だった。峯さんが奥さまとどうであろうと も、もう私にはどうでも良かった。私はそばにあったロッキング・チェアに腰をおろして、思わず吐息をついた。

「どうしたんだ」

「疲れたんです」

「そうだろ。もう、あんたは引きとって、良いよ。俺たちも奥さんが病気を苦にして自殺したことは認めないわけじゃないさ。ただ、まあ、遺書らしいものがないだろ。だから形式上、こんな質問もしてみるだけだよ。それで、どうの、こうのと言うんじゃないんだ。職務上、訊いているだけだからな」

刑事はたち上って、峯さんと、この家の主人である高畠氏に会いに、病室の方に引き返していった。

警官がヴェランダの下を歩いている。朝がたになって事件に気づいた村人たちが庭にはいらないようにするためだ。波の寄せる音が防風林のざわめきにまじって聞えてくる。まだ村の人たちは眠っている。時々犬の遠吠えがするだけだ。

私は震える手で料理台の引出しをあけ、そこに出納簿や伝票などと一緒に入れておいた日記帳をとり出した。

八月二日
私がこの高畠さんの家に来てから半月になる。一ヵ月五千円の約束で、病人の看護をしてみないかという学生援助会の話に、私はとび上ってしまった。夏休のアルバイトとして食費もいらず、五千円の給料をくれるなんて、今どき、めったにありはしない。国文科のチャコが四千円のお手当で避暑地K村のフルーツ・パーラーに働きにいったが、それもお友だちの羨望の的だった。
それに……私の高畠さんの家での仕事といったら、申し訳ないほど、何もない。朝、高畠夫人の洗面をして差上げること、三度の食事を運ぶこと、お薬を飲ませること、体をふいて差上げること、体温を計り、体温表につけること……それぐらいのことだけである。私は台所の隣に大きいとは言えないが、一寸《ちよつと》ステキな部屋までもらった。小さなベッドがつき、窓からは秋葉の碧い海が見える。海の大好きな私は、今日チャコやトン坊にヴァレリイの詩を書きつけた葉書を送った。

八月五日

今日はこの日記に高畠さんの家のことを書いておこう。

高畠氏は東京で香料専門の貿易商をやっている人だ。四十五歳ぐらいかしら。お民さんの話だと長いこと米国にいたんだそうだ。トン坊なら「すてきなオジさま」と叫ぶだろうけれど、私はどうも彼に好意が持てない。寸分の隙もない洋服の着こなし方も、細い白い指にはさんだ煙草を口に運ぶ手つきも、人差指にはめている大きな指輪も、なぜか、身震いのするほどイヤだ。自分でもその理由はわからないのだけれども……

奥さまはながい間、胸の病気のために方々のサナトリュウムにいたのだが、病気は一向に良くならず、一年前からこの秋葉村のお家で寝たきりだそうだ。「手術をするにはあまりに体が衰弱してるんだってさ」とお民さんが教えてくれた。病気で疲れた女の顔は美しいというから、奥さまの顔は美しいのだろうが、何か、イヤな険がある。それは熱のせいだけではない。彼女は自分の病気も他人の気持も素直に受けとめようとはしないのだ。青黒い隈どりのできた眼でじっとこちらを見ながら、

「どうせ、死ぬんだから」「私のような病人には」とかすれた声で呟かれると、病人だとは

思っても愉快な気持はしない。

今日も私がパスを飲まして差上げたあと、天井の一点をぼんやり見つめながら奥さまはヘンなことを口走った。

「典子《のりこ》さん。私がもし死んでもね、それを病気のためと思わないで下さいよ。あたしがあなたをやとったのも、それを知って下さる人がほしかったからよ」

「そんなこと、奥さま。熱がでますわ」

「今にわかります。じっと見ていらっしゃい」

私は苦笑して、床に落ちかけた夏布団をずりあげた。奥さまは黙ったまま、くぼんだ眼で天井をごらんになっていた。

八月六日
昨日、奥さまと高畠氏のことを書いたが、この家には私のほかにもう一人、居住人がいる。女医の峯さんだ。
秋葉村から家政婦がわりに食事の支度と洗濯に通ってくるお民婆さんからこれも教えてもらったのだが、峯さんは奥さんの女学校時代の友だちだそうだ。そしてずっと長い間奥さんの体を診ていたのだが、この二ヵ月前から夏を利用して、この家に滞在しているのだ。
峯さんはむかしの東京女子医専の卒業だとのこと。少女風に髪を断髪にしているため、奥さまに比べると話にならぬほど学生風の残った若々しい顔をしている。インテリ女のようなゴツゴツしたところなんか、少しもありはしない。笑った時に見せる糸切歯と、右の頬に小さくへこむ笑くぼがとてもチャーミングである。

「奥さまは、もう良くならないのかしら」

と私は訊いた。

「そうね……」峯さんは何か別のことを考えているように、水平線に光っている入道雲を眺めながら答えた。

「むつかしいわねえ」

「とっても、気分がヒガんでいらっしゃいますね」

「だれ？　茂子さん（奥さまの名）のこと。仕方ないわ。あたしたちだってあの人の気分までどうにもできないもの」

　女の友情とは、どうせこのようなものであろうとは思うけれども、そう言った時の峯さんの顔は私が驚いたほど冷酷にひきしまった。まるで奥さまを突き放したような表情だった。

　しかし一瞬、彼女はあの糸切歯と笑くぼとを見せて笑った。

「人間が他人にしてあげられることは限度があるものよ。典子さん」

八月十一日

今日、四日ぶりで高畠氏が東京から帰ってきた。奥さんの病室を一寸覗くと、あとはサロンで洋酒のグラスを手に持ったまま、じっと何かを考えている。私にも峯さんにもほとんど口をきかない。何を考えているのか、わからない人だ。結婚生活って、あんなものかしら。

八月十三日

峯さんは彼女も高畠氏にはどうしても好感が持てないと言った。

「どうしてでしょう」

馬鹿な私は思わず叫んでしまった。

「高畠さん、奥さまを愛していらっしゃるんでしょうか」

「そりゃ、愛していらっしゃるでしょう」

なぜか、その時、峯さんの片頰にうすい笑いが浮んだ。

そして午後の砂浜でのことだった。白い歯を見せて波が砂浜を嚙んでいた。逗子から来たらしい外人の家族が大声をあげながら海べりで遊んでいた。

「あなたたち、若い娘さんは、あんなロマンス・グレイ好きなんじゃない」

突然、峯さんはこちらを向いてたずねた。その顔は何時もの微笑こそふくんでいたが、私は女の本能で、彼女の言葉の裏に何か罠《わな》のあるのを感じた。

「高畠さんにはロマンス・グレイの魅力はないわ」私は警戒した。「峯さんこそ案外高畠さんのような方が好きじゃないんですか」

「馬鹿ねえ。失礼しちゃうわ。私はまだ若いつもりよ。少なくとも若い青年の方がいいわよ。ほほほ……。覚えておいてちょうだいね」

しかし彼女の笑い声は、ひどく空虚《うつろ》だった。

八月十四日
私は馬鹿な娘だ。峯さんがこの家の主人をひそかに愛しているんじゃないかと感じると、何だか、妙に高畠氏に好奇心が湧いてきた。こういうのを女心というのかしら。

それにしても、当の高畠氏は峯さんを見むきもしないようだ。勿論、峯さんと食事の時や客間で話しかけるけれども、それは私に対する時と同じような、事務的な冷たい言葉である。「暑いですね」とか「家内の容態は相変らずですか」とか「今日の海は如何でしたか」というような会話なのである。

私はふと、ここまで書きながら何時か奥さまが口走った気味のわるい言葉を思いだした。「今にわかります。じっと見ていらっしゃい」

そんなことはない。それこそ、そんなことを考えるなんて奥さまの取越苦労というものだ。女というものは嫉妬をすると、あんな極端なことまで想像するのかしら。

八月十八日

今日、奥さまは高畠氏にヒステリーを起した。客間で私は峯さんと二人で夕食のあとラジオを聞いていた時だ。ラジオは藤沢嵐子《ふじさわらんこ》のアルゼンチン・タンゴをやっていた。その時、病室の方から、奥さまのすすり泣く声が聞えたのである。

「どうせ……私、死んだ方が……いいんでしょう」

高畠氏が奥さまをなだめる低い声も途切れ途切れに聞えてくる。峯さんは強張《こわば》った顔で、じっとその会話に耳を傾けていた。私には彼女が髪の形のため妙に女学生ぽいのに気がついた。そのくせ、表情だけは私やチャコやトン坊の知らぬ中年の女の顔なのだ。私は急に恐怖に捉えられて、

「行ってきましょうか。奥さまに熱がでるといけないわ」

「ほっておきなさい」烈しい声で峯さんは叫んだ。「子供の出る幕じゃないわ」

そして、そのまま、彼女は庭下駄をつっかけると、海鳴りの音だけ響く闇の中に走っていった。

(今にわかります。じっと見ていらっしゃい)奥さまの低い、かすれた声が私の頭の中で時計のように繰りかえし続けていた。(今にわかります。じっと見ていらっしゃい)

八月十九日

今日の夕方、私がパスとコップをとりに台所にいった時、高畠氏がそこに一人たっていた。黄昏の強い日差しが彼の長い白い横顔を照りつけている。妙なことだが私はその時何時か上野の博物館でみた麒麟《きりん》の白骨を思いだしたのだ。私は身震いをした。

高畠氏は私のはいったのに気がつかなかった。彼は奥さまの注射針を手にのせて、じっと針の先を見つめていたのだ。私に気がつくと、彼は何時になく荒々しい声で、

「ノックをしなくちゃ、駄目じゃないですか」

そして急いで台所を出ていった。私は茫然としていたが、台所にはいるのに一々ノックをしなくてはならぬと言った彼の取り乱しように気がついて……針は床に光って落ちていた。

八月二十日

昨日から奥さまは高畠さんも峯さんも病室に寄せつけない。私が食事や体温計を持っていくと、

「追い出して。あの女を追いだして」

「奥さま、静かにお休みになって下さい」

「典子さん、あの女に診てもらうのは、もうイヤよ。何をされるかわからないから」

本当に奥さまの体温は今日の夕方八度に上りはじめた。むし暑い日だったが、奥さまは息ぐるしそうに喘いでいた。私は驚いて病室をとびでて食堂にいた峯さんにそれを告げると、

「茂子さんが医者を信頼しなければ、どうにもならないわ。我儘《わがまま》すぎるわ」

何時か砂浜で見せたと同じように冷たい突き放すような声でそう答えただけである。それを横で聞いていた高畠氏も黙ってお酒を飲んでいる。

夜になり、むし暑さが夕立をよんだ。雨は海のざわめきにまじり、鎧戸《よろいど》やヴェランダを烈しく叩いている。

八月二十一日

昨夜は烈しい雨。雨は海から吹きつける風を伴い、一夜中、荒れ狂った。

奥さまが八度の熱がでたのは、昨夜書いた通りだ。峯さんが診て下さらないので、私は仕方なく解熱剤を病室に持っていった。

一時間後、彼女は苦しそうに喘いでいたが、それでも眠ったようだった。私は病室の戸をしめ自分の部屋に戻った。食堂には高畠氏の姿は見えず、峯さん一人がロッキング・チェアに腰かけてモード雑誌をひろげていた。

今日一日の疲れで私はベッドに横になると、小石のように眠りの中に落ちていた。嵐の音で眼を覚したのは十二時ごろだったのだろうか。

食堂の窓をしめてきただろうかと不安になったので、スリッパをひっかけて自分の部屋を出た。そして食堂の扉が半分あいて、廊下に明るい灯が流れているのに気づいたのだった。

（峯さん、まだ起きてるのかしら）

だが私が食堂の明るい部屋の中に見たのは峯さんだけではなかった。高畠氏がこちらに背を向けて、窓から外を眺めていた。

峯さんはガウンの裾から真白い脚をぶらんぶらんさせながら、椅子に腰かけ、高畠氏の後姿を見つめていた。二人は私の存在に気がつかなかったのだ。

「それなら、あなた、あたしのために何でもして下さる？」

高畠氏は返事をしなかった。

「茂子さんさえ死んだら、あたしだって何とでもなるわ」

峯さんは低い声で笑った。笑いながらガウンの間から真白な脚をぶらんぶらん動かしていた。

（今にわかります。じっと見ていらっしゃい）

奥さまの声が私の頭を横切った。タラタラと汗が私の頬を流れた。私は震えながら、一歩、一歩、自分の部屋に戻っていった。まくらに顔を押しつけ、全てを忘れようとしたが、峯さんの笑い声、あの白い脚が何時までも私の脳裡に追いかけてきた。

八月二十二日

奥さまの顔も峯さんの顔も高畠氏の顔ももう、見るのはイヤ。この別荘を出て、たとえ給料は安くても東京に別のアルバイトを見つけたい。碧い海にとびこみ、どこまでも泳いでいきたい。そして冷たい汚れのない水に体を洗われよう。

昨日の嵐でヴェランダの手すりがこわれていた。病室から奥さまはそれを見て、

「あの手すり、ゆるんでしまったわね」

「ええ、とっても危いんです。グラグラになってますから」

「誰かが、あそこから落ちても仕方がないわね」

私はその時、背後に人の気配を感じてふりかえった。高畠氏が病室のドアのところにたっていたのだ。彼は強張った顔で私をチラッと見ると病室にははいらず、客間の方に行ってしまった。私は彼がその会話を確かに聞いたにちがいないと思った。

私は日記帳を膝の上において眼を閉じた。

その夜、ヴェランダのその手すりから奥さまは落ちたのである。こわれた柵のその部分も一緒にヴェランダの真下に散らばっていた。

私が奥さまのベッドをととのえる間、奥さまはヴェランダで涼んでいたが、私に助けられて病室にはいった。私はそのあとすぐ病室にパスと水とを持っていった。奥さまはその時、ベッドではなく、籐椅子に腰をかけてじっとしていられた。

「もう、おやすみになりませんか」

「いいの。典子さん。しばらく、ここに坐っているわ。自分で寝るから部屋に戻って、あなたもお休みなさいな」

私は言われた通り、病室を出た。何気なく棚の上の時計をチラと見た時、確かに九時半だった。そのあと誰も彼女の部屋には行かなかった筈《はず》である。私は自分がなぜ、刑事に峯さんがはいったとウソをついたのか、わからない。峯さんが医者でありながら彼女の病室に行かなくなったことをかくすためだったろうか。それとも、彼女を疑わせるための本能的な復讐心からだろうか。私の心まで、この別荘に来てからすっかり辻褄があわなくなったようである。

（今にわかります。じっと見ていらっしゃい）と奥さまは言った。あの言葉は今、この耳に聞えてくる。それが本当に、恐ろしい結果となったのだ。奥さまは自殺したのだろうか。それとも高畠氏か、峯さんが何かをしたのだろうか。「茂子さんさえ、死んだら、あたしだって何とでも、なるわ」峯さんの笑い声、ガウンの間から覗いた真白な脚……。

「あんた、まだ、いたのか」

ふりむくと先ほどの刑事だった。彼はマッチをすり、煙草に火をつけようとして、私の膝の上の日記に眼をつけた。

「なんだね、それは」

私は彼がその日記を手にとるのを防ぎはしなかった。あまりに疲れていたのだ。彼はパラパラと日記帳をめくって、

「これを読んでいいだろ」

「ええ」

私は溜息をついた。

刑事は長い間ゆっくりと読んだ。読み終ってもしばらく考えこんでいた。煙草の灰が膝に落ちるのも気がつかなかった。

「奥さんの悲鳴を聞いたのは十時か。九時半に病室を出たと……ところで御主人も女医の峯さんも、その時、寝ていたと言っていたが、あんた、本当と思うかね」

「知りません。あたし眠っていたんです」

「悲鳴を聞いて一番先にヴェランダに行ったのは誰だね」

「御主人です」

「峯さんは一番あとでヴェランダに来たわけだな。何か叫んだか」

「いいえ、黙ってヴェランダの下に行き、奥さまの体を診られました」

刑事はうなずいて、たち上った。

「その騒ぎのあと、あんたたち、三人はどこにいた?」

「奥さまのそばにいたんです。御主人は奥さまの体を家の中に運ぼうと言われましたが、峯

さんが検死まで手をふれては、いけないと反対されたんです」

「すると、誰も自分たちの寝室には戻らなかったわけだな」刑事はふたたび鉛筆を耳の穴に入れて考えこんだ。「確かだね、それは」

「確かです」

刑事は急に何かを思いついたように、部屋を出ていった。私は突然、彼に日記を渡したことが恐ろしくなりはじめた。

夜が白んでくる。部落の方から、犬の声に代り一番鶏が刻をつげている。早く朝になればいい。明日、私はこの高畠氏の家から出よう。出て東京に帰り、この一ヵ月のことを忘れよう。

「わかったよ」

肩に誰かが手をおいたので、私は思わず身震いをした。刑事だった。

「わかったよ」

「何がですか」

「この事件のかぎさ。俺は今、奥さん、御主人、峯さん、それにあんたと、四人の寝室を全部回ってきた。どのベッドも乱れていたがね、一つだけまくらがへこんでいないのがあったんだ。おかしいじゃないか。みんなベッドで寝ていたなら、当然まくらのまん中がへこまねばならぬはずだ。どれもフワフワした羽根まくらだからね。俺は考えた。四人の中で一人だけ寝なかった者がいる。それが加害者でないにせよ、事件のかぎを握る人物だよ」

「誰なんです、つまり」と私は真っ青になって叫んだ。

「誰でもない。やっぱり茂子さんなんだ。それは二人がやったように見せかけたかったんだな」

サボアの秋

その年の秋、千葉はパリを出て、もう一度モンブランの麓、サボアの高原に行ってみようと思った。

パリの十月はいかなる季節にもまして旅人に憂いと悲しみとをもたらす。マロニエの街路樹から乾いた砂のような音をたて、枯れた葉が舗道に舞い落ちている。リュクサンブール公園の池に、子供たちの忘れた小舟が泥にまみれて沈んでいる。そして夏にはあれほど涼しげに吹きあげていた噴水がもはや力なく、小さな音をたてて流れこぼれるだけなのだ。

その頃からパリはあの特有の鉛色の沈んだ影をおびはじめる。空は灰色に曇り、その曇った空の下で、幾世紀の時代を経た家々が悲しげに押し黙っている。セゾン（季節）にはいった劇場では新しい芝居がかかり、至る所で欧州各国の音楽家たちのリサイタルが開かれていたけれども、千葉はそのようなパリを離れて、もう一度、あの高原に、そしてあの高原で彼を覚えている丘の上をたずねてみたいと思ったのだった。

千葉をそのような思いにかりたてたのは一つの約束があったからだった。

その年の夏、千葉は大学の夏休を利用してサボアにあるコンブルウという避暑地に旅をした。彼がコンブルウをえらんだのは別に特別の目的があったわけではない。

大学の友人がある日、サン・ミッシェル通りのキャフェで珈琲《コーヒー》を飲みながら、千葉にこんな話をしてくれたのだった。

「コンブルウのすぐ近くに一つの小さな教会がある。教会といっても、別に大きなものじゃない。スイスやサボアのようなアルプスにかこまれた地方の山小屋をそのまま象《かたど》った教会なのだ。

けれども、この教会にはルオーの色絵硝子《ガラス》が窓にはめこめられ、マチスの壁画が壁一ぱいに描かれているのだ。

どうして、そんなことになったのだと思う、話してあげようか。

その教会の真上にサナトリュウムがあった。今から十年前の頃だ。不幸にも胸の病におかされ、死の恐怖に苦しんでいる病人たちは、彼等の悲しみを静かに背負ってくれる十字架がほしかったのだね。病人たちは自分たちが祈ることのできる教会がほしかった。けれども雪に埋れたそのような山奥に教会などある筈《はず》はない。

一人の若い神父がサナトリュウムを訪れて病人たちの願いに耳を傾けた。彼はその切実な希望をどうにかして実らせてやりたいものだと思った。だが、どんな小さな教会をたてるにも金がいる。

神父はパリにのぼり、彼の上にある聖職者たちを説いて、やっとその許しをもらった。だがその時、彼の心には別の希望がうまれはじめたのだった。

(もし、この教会をパリに住む一流の芸術家たちが創りあげてくれたら)

人々は彼のその願いを笑った。一流の芸術家たちが一文の礼もなく、山奥の教会の壁画を描いたり、色絵硝子を作ってくれる筈はないと。

だが神父は勇気をだしてルオーの家をたずね、その計画をうちあけた。

『やりましょう。苦しんでいる人たちのためなら』とルオーは答えた。

神父は更に勇気をだしてマチスの邸宅をたずねた。マチスは当時、共産党に好意を持っていたから、信者のルオーよりもっとむつかしい筈であった。だが、

『やりましょう。苦しんでいる人たちのためなら』

こうして神父は次々と優れた芸術家たちの所を歩きまわった。そしてその思想や立場のことなる様々の巨匠たちが、ただサボアの山の奥にながい辛い冬を送る病人たちのために十字架をつくり、壁画を描き、壁かけを織ったのだった。

これがコンブルウの近くにある教会の物語だ」

千葉はその話にいたく興味をひかれた。そして夏休を利用してサボアの山々にのぼり、その小さな教会を訪れてみたいものだと考えたのだった……

千葉を乗せた汽車がパリから南にくだりそれから喘ぎ喘ぎながら夏雲の白く赫《かがや》いている高原の、とある小さな駅に彼をおろしたのは七月のはじめだった。千葉はその寒村のレストランでサボア特有の冷たいチーズをパンにつけてたべた。それから黄昏、バスに乗ってコンブルウに向かった。

車が白樺や落葉松《からまつ》の黒い森を抜け、次第に登りだすと、あたりはいつか冷えはじめてきた。山の斜面を夕霧に包まれながら羊の群を追う牧童の姿も見えた。

そしてその時、千葉ははじめてモンブランの巨大な峰を見たのである。

それは硝子で作ったように夕暮の蒼ざめた空を背景に光っていた。真白な山腹を雪渓が、まるで幾筋かの傷のように走っている真上、ちょうど頂きから山の三分の一にかけて夕陽が薔薇色に照りはえていたのだった。その風景を見ながら、千葉は、胸がしめつけられるような感動をおぼえた。あの雪の何処か、人影一つない一点に今、孤独な風が吹き渡っているであろう。そしてその風は千葉が生れる前から、そして千葉が死んだ後にも吹きつづけるのであろう。それを思うと彼はなにかこの地上に自分がまだ見つけていない厳粛なものがかくれているのだと思った。

コンブルウの村は避暑客でにぎわっていた。彼はバスをおりて、小さな旅行鞄を一つ手に持ったまま、球のように霧のころげる赤や黄色の別荘の間の細径《ほそみち》をぬけて、手頃なホテルを探したのだった。

翌日、彼はホテルをぬけて、友だちから教えてもらった教会をたずねて行った。高原の夏草の上に金色の風が吹き渡り、だれもいない白樺の林の中で彼は鈴の音をきいた。それは野飼いにされた牛たちが首につけた鈴の音だった。そうするのがサボア地方の習慣なのである。

教会は山腹の斜面にたっていた。二、三人の若い司祭がジープをその前にとめて、盛んにマチスの壁画をカラー・フィルムにとっていた。

千葉は彼等に目礼して木の香りのこもった山小屋風の教会の戸を押した。そして内陣の中に一人の日本の娘を発見したのである。

千葉ははじめ彼女が日本の娘だとは考えなかった。中国かインドシナから留学している女学生だろうと思ったのだった。

彼女はパリの若い女性がその年、よく着ていたように真黄色のブラウスに黒い細いズボンをはいていた。そして漆黒の長い髪を無造作に背中にすべらしてルオーの色硝子を祭壇ちかくで眺めていたのだった。

その娘が日本から来たということを千葉が気づいたのは、ちょうど彼が腰かけた藁《わら》椅子の前に、たった今、彼女がおいたらしいリュックサックと開いたスケッチ・ブックがあったからだ。そしてそのスケッチ・ブックには高原の野や林がかるいデッサンで描かれ、その下にKeiko. Tという署名がしてあったのである。

娘も千葉を同国人だとは思わなかったらしい。やがて席に戻るとリュックと画帖とを手にもって、一寸《ちょっと》、彼に目礼したまま、内陣を出ていこうとした。

「失礼ですが」と千葉は声をかけた。「日本の方でいらっしゃいますね」

「あら……」

娘は驚いたようにたちどまった。そして親しみのこもった微笑を顔にうかべたのである。

二人は陽のまぶしく照りかがやく教会の外に出た。

「こんな所で日本の若い女性に会おうとは思いませんでした」と千葉は真面目な顔をして言った。

「私もこんな所で」と彼女はおかしそうに笑いながら答えた。「日本の若い青年に会おうとは思いませんでした」

娘は陽に焼けた健康そうな腕にリュックを通してそれを背中にかけた。

「何処からいらっしゃったんですか。パリですか」

「ええ、パリから徒歩で来ましたのよ」

「徒歩で？」

と千葉は驚きの声をあげた。パリからコンブルウは東京から大阪ほどの距離がある。

「ええ。途中でトラックに乗せてもらったり、百姓家に泊ったり」

彼女は叢《くさむら》に腰をおろし、リュックから赤い果物の包みをとりだして千葉にも奨め、自分の口にも入れた。愉快そうに彼女は旅の途中、くたびれれば、こうして叢にねむり、道を走るトラックにも乗せてもらい、夜は見しらぬ百姓家をたずねてその納屋に泊った話をした。

「危険じゃありませんか」

「こわくないことよ。みんな親切だったわ」

「そして今からどこに行くんです」

「国境をこえて、イタリアに行こうと思いますの」

「コンブルウには？」

「今夜、一晩だけ泊るつもりですわ」

「やっぱり百姓家ですか」

「いいえ。ここでだけゼイタクをしてホテルに泊るつもり」

白い歯を見せて彼女は笑った。

その日、一日は千葉にとってあまりに短く思われた。彼はその娘、恵子と一緒に落葉松の林にねころび、白く光っているモンブランや地球の歯のような青い峰々を眺めた。高山の可愛い花々がブロンドの風に吹かれている。彼等はまた、氷のように冷い渓流に足を浸し、子供のように笑い合った。そして昼は林の中の百姓屋で年寄りの農夫から新鮮なミルクとバタのたっぷりついたパンをもらい、それをたべたのだった。

夜がきた。二人はコンブルウの村に戻り恵子のリュックを千葉のホテルにおいて提灯の灯のうるんでいる庭で食事をとった。それから何処からともなくタンゴの曲がきこえ、避暑客たちがおどりはじめると、千葉も恵子の手をとって人々の群にはいっていった。

千葉はおどりながら自分がまだ恵子の姓もパリでの住所もきいていないことを考えた。今日のたのしかった午後、彼がそれをたずねると、恵子は少し悲しそうな顔をして言った。

「ねえ、こういうことがあっても、いいのではなくって。二人の日本人が遠いフランスの何処かで偶然出会い、そしてお互いの過去も名前も住所も知らず、一日だけ倖せに遊んで別れていくの。そして二度と二人は会わないこと……」

彼はそう言われれば、それもよい、と考えて恵子の申し出を承諾した。そして夜がふけ、しずかに別れのワルツをかなでながら、提灯の灯が一つ、一つ消えていくまで、彼女の姓も過去も住所も職業もたずねなかった。

おどり終った時、恵子は、

「たのしかったわ」と低い声で呟いた。

「もう、部屋にもどりますか」

「ええ」

二人はホテルにかえり、廊下にたちどまって、別れの握手をした。

「おやすみ」

「おやすみ。あしたの朝」

だが、その翌朝、千葉が彼女の部屋の戸を叩いた時、恵子はいなかった。彼女はリュックを背負い、朝早く、霧の中を出ていったのだとボーイが教えてくれた。

千葉は碧い空の下、金色の平原の見えるイタリアの国境を元気よく歩いていく恵子の姿を想像した。たった一日のめぐりあいであったが、恵子という女性は彼の胸にやさしい、懐かしい記憶を残していった。

夏が終りパリにもどり、そして芝居や音楽会のはねたあと、千葉は夜道を歩きながら、屢々《しばしば》恵子のことを思いうかべた。地下鉄やバスに乗って、舗道を歩く人群を眺めながら、もしやその中に彼女の姿が見えないかとむなしく探すことがあった。おそらく恵子はパリにもどっただろう。もどっていれば何時《いつ》か、あの山でのように偶然会えるかもしれぬと考えた。

だが、それから一ヵ月たった今でさえ、彼女を広いパリに探しだすことは困難だった。日本人の友だちにたずねてもそのような名の娘を知る者はなかった。

十月の終り、千葉は決心をして、サボアに向かう汽車に乗った。恵子があのコンブルウにふたたびあらわれないとどうして言えよう。ひょっとしたら彼女とあの懐かしい村で出会えるかもしれない。

夏の終ったコンブルウはすっかりさびれていた。どの別荘も固く戸や窓をしめ、老人のようにおし黙っていた。庭には古い、こわれた籐椅子が棄てられているのも寂しかった。二人がおどったホテルに千葉はまた泊ったのだが、その庭のベンチにも葉が埋っていた。犬をつれた猟人が鉄砲をもって霧の中を消えていく。モンブランをとりまくアルプスの峰々はもう、すっかり白い淡い雪をかむっていた。

千葉はそんな日のある日、葉のすっかり落ちた林をおりて、あの日、恵子と冷たいミルクとパンをたべた百姓家に行ってみた。猟人が射つ銃声が遠くでひびき、それは林の樹々にうつろにはね返った。

林の中に一すじの煙がたちのぼっている。

あの百姓家の煙突から洩れる煙なのだ。

千葉がその戸を叩いた時、見覚えのある老人がパイプをくわえながらあらわれた。

「ムッシュウ」と老人は懐かしそうに声をあげた。「もう一度、来なすったかね」

老人はそう言うと、家の中に入り、やがて一通の封筒をもってもどってきた。

「二週間まえ、いつかのマドモアゼルがやはり、この村に来なすったよ。そしてわしにこの封筒を渡して」

「あの人が……」と千葉は思わず叫んだ。

「ムッシュウが必ず、ここに来なさるからその時、この手紙を渡すようにたのまれたよ」

千葉はその白い封筒を手にして、ふたたび林の中をかえっていった。そして、一本の落葉松の樹にもたれて封を切った。

「もう一度、あなたにお会いしたくてこの村にもどってきました。私はあの秋の歌という詩を思いだします。

やがて、我等、ふかき闇に沈まん。

さらば、あまりに短かかりし、われらが夏のはげしき光よ。

このボオドレエルの詩は今、私の魂を何よりも深くとらえています。イタリアでの旅の間、私は幾度か、あなたに私の気持を描いた画帖をお送りしようかと思いました。そしてもし、あなたがもう一度、この村に来てくださるなら、そしてこの手紙をごらんになるなら、私があなたを忘れなかったことをお知りになってください。私はもうフランスにはいません。今、この手紙をごらんになっている時おそらく私はスイスの冬の山の中をあの夏と同じように歩いているでしょう」

小さな恋びとたち

月成八重はその変った姓と名前とのために、福岡の女学校時代、いつも新任の教師から顔を覚えられた。国語の教師の中には「ふしぎな名だな。まるでカグヤ姫のようだね」と感心する人もいた。

けれども彼女はこの八重という名が何だか古めかしいような気がしてむしろ友だちから「エイティ」と呼ばれた時の方がうれしかった。エイティというそのあだ名は文字通り八重をハチジュウと数字のようによんでそれを英語になおしたものである。

このニック・ネームは彼女が東京の大学にはいってからも続いた。だが同じクラスの女子学生たちは、むしろ彼女を慰めるように、

「八重って、いいお名前ね。あたし、これから、あなたをエイティと言わずに、やっぱりヤエとお呼びするわ。だって、あなたの雰囲気は八重の方がいいんですもの」

と言うのだった。

実際、八重は古風な整った瓜実顔《うりざねがお》と、切れのながい、少し憂いをふくんだ眼を持っていたから、彼女が教室などで、ぼんやりと物思いにふけっている時には、いかにも寂しげな、静かな娘のようであり、その名前と表情が、友だちたちにはピタリときたのだろう。

八重は同じ教室の男の学生とは必要以上に話をしたり、交際したりしなかったから同級生の山口富士子や大塚なるみのように派手に騒がれるということはなかった。彼女の前に来て、その困ったようなやさしい微笑に会うと、男子学生たちはなぜか、かえってドギマギとしてしまうのである。

けれどもある雨のふる日八重に一寸《ちよつと》した出来事が起った。

その日同じ大学の経済学部に籍をおく岩味麟太郎が、偶然、八重のいる国文科の教室に聴講にきたのである。少し寝坊をして、遅れて大学に出た彼は、出席せねばならぬ経済の講義の教室が既に満員だったので、仕方なく、その隣の部屋でおこなわれている国文科の教室にもぐりこんだ。そして彼は八重の隣の席に坐ったのである。

あわてて家を出たため、彼は自分が万年筆も鉛筆も忘れていることに気がついた。専門科目でもない他の科の講義をわざわざ筆記するほど勉強好きな学生ではなかったが、ほかの連中が静かな教授の声を熱心に筆記している中で、彼も一人、ぼんやりと腕を組んでいるわけにはいかなかった。

横眼で、サラサラと音をたてながら真白なノートに、真白な長い指でペンを走らせている八重を見ながら、二、三度、咳ばらいをして、鉛筆を貸してくれるよう暗示したが、相手はノートに夢中になっているのか、それに気づかなかった。仕方なく——麟太郎は手をのばすと、彼女のピンクの筆入を黙って摑み、その中から鉛筆をとろうとしたのである。その拍子に筆入が床に落ち、大きな音をたてた。

八重は驚いたように麟太郎を見つめ、それから周囲の学生たちの視線に出あうと急に真赤になってツンと眼をそらした。

講義が終った時、麟太郎は「有難う」と言ったが彼女は黙っていた。

それから一週間ほどたってのことである。その午後も、あの日と同じように霧のような雨が校庭の金色の樹木をぬらしていた。大学の坂路《さかみち》をおりかけて、麟太郎は、自分の前、五十米《メートル》ほどの所に、八重が傘もなく歩いているのを見た。午前中が少し曇っていただけだったために彼女は傘を持たずに登校したものらしい。

麟太郎は足をはやめて彼女にちかづき、うしろから、

「こんにちは」と言った。

八重はその声に驚いたように、眉をひそめてふりかえったが、相手が彼だとわかると、少し困ったような微笑をした。

「ぬれるといけませんから、僕の傘におはいり下さい」

そう彼は奨めたが、八重は、

「いいんです」

と答えるだけである。とりつく島もなく麟太郎はちょうどお姫さまに日傘をさしかける従者のように、うしろから傘を八重の頭上にさし伸べながら坂路を下らねばならなかった。

電車路まで来た時、八重は丁寧に一礼をして、

「有難う存じました」と言った。

麟太郎は、彼女が品川の方に行く電車にのり、その電車がだんだん小さくなるまで、何か幸福感にみたされながら、じっと見送っていた。

麟太郎は芝の二本榎にある寺の離れを借りていた。その日、大学から帰ると、彼は畳の上に転がって、腕を枕にしながら自分が傘をさしかけた時の八重の困ったような微笑を思いうかべた。彼はもう一度、あの娘に会いたいと考え、これから、折を見て国文科の教室に出てみようと決心した。

八重も麹町にある伯父の家に帰ると、一寸だけ、岩味麟太郎のことを考え、考えている自分に気がついて思わず顔をあからめた。高校時代から、男子学生と一緒に机をならべて勉強する機会は多かったのに、家に戻って後、その男の子のことを思いだしたようなことは今まで一度もない。そのため八重は自分がなにか、悪い、恥しいことをしているような気がして、ハッとした。

けれども、その翌日、大学で教授の講義をノートにとっている間、彼女はもう一度、あの日のように、麟太郎が少し遅れて教室の戸をあけてくるような気がした。そして、それに心をとられている自分に更に気がつくと、あわててノートの方に眼をむけるのだった。

その時、本当に麟太郎が教室の戸をあけて教授に一礼すると八重の隣に坐った。八重は思わず、眼を伏せた。クラスの学友たちから見つめられているような恥しさに捉えられ、すこし体をずらして麟太郎からできるだけ体を離れようとした。

「鉛筆を貸して頂けませんか」

あの日とおなじように鉛筆を忘れてきた麟太郎は小声で八重にたのんだ。八重は怒ったように筆箱を彼の方に押しやった。

それからほとんど毎日一度、麟太郎は国文科の講義にあらわれた。

「あの人、だあれ」

大塚なるみや山口富士子たちは八重をからかうようにたずねた。「国文科の学生でもないのに、何時《いつ》もこの教室に来るわね。きっと月成さんに御執心なのよ」

すると八重は、「それなら、嬉しいのにね」と冗談を言いながら、自分の心の動揺が友だちたちに見つけられないかとドギマギした。大塚なるみがいかにもその心を見ぬいたようにうすい笑いを唇にうかべたからである。

(あたし、困るわ。本当に困るわ)

彼女はそのように友だちの眼をひく自分に当惑し、国文科の学生でもないのに毎日教室にあらわれて、自分の隣に坐るあの男子学生が恨めしかった。

翌日から彼女は教室で自分が坐る机を変えた。教授の机のすぐまぎわ、多くの学生が質問をうけるのをいやがって、平生《いつも》は空いている場所があった。そこに彼女は腰をおろしたのである。ここなら麟太郎もやってはこないと、彼女は考えたのだった。

だが、その日、講義の間、彼女は二つのことに逆に心を捉えられはじめた。一つは、そうした自分の動揺を見ぬいているように大塚なるみが、すこし意地悪な微笑を唇にうかべて、八重の方を見ていたからである。そしてまた、麟太郎が教室の戸をあけて、八重が席を変えたのに気づいた時、八重は彼の自尊心を侮辱したであろう自分の仕打が悲しかった。

麟太郎はその八重の心が勿論わからなかったから、当然、彼女が自分をきらって避けているのだろうと考えた。そう思うと彼の心はひどく苦しくなった。だが、それ以上、彼の心を傷つけたのは、そんなある日、彼が、教室から出た八重を廊下で待っていた時である。何時か彼女から借りた鉛筆を返すという口実で、麟太郎は八重にもう一度話しかけてみたかったのだ。

「この鉛筆……」と彼は言いかけて唾を飲んだ。瞬間、たちどまった八重は、教室のドアから出てくる友だちたちの中に大塚なるみのうすい嗤《わら》いをチラッと認めたように思ったのである。

「いやです」

そう叫ぶと彼女は麟太郎のそばを怒ったように通り抜けた。

その日、麴町の伯父の家にかえると、八重は机の前に坐って両手に顔を埋めながら、

（きらいだわ。きらいだわ）

と心の中で叫んだ。どうして今日、麟太郎にあんな失礼な態度をとったのかが自分でもわからなかった。彼女はそんな自分がきらいになり、うすい皮肉な微笑をうかべて観察している大塚なるみもきらいになり、そして、自分をこれほど当惑さす麟太郎という存在もきらいになろうとした。

「あたし、あの人がきらいだわ。きらいだわ」

両手に顔を埋めながら、彼女は自分の心を納得させるために、幾度も呟いた。


麟太郎もまた、苦しんでいた。彼は恋をするということが、これほど辛く、これほどいらだたしいことだとは知らなかった。今まで大学で多少は心をひかれたこともある二、三人の女子学生たちも、もう彼の興味も関心もひかなくなった。

あの鉛筆の事件があってから、彼は国文科の教室に出ることはやめた。そのドアから学生たちが出入りしているのを見ると、なぜか、嫉妬とも苦痛ともわからぬ感情がこみあげてくるからである。

そうした彼をある日、同じクラスの野坂正夫が見つけて、

「お前、恋しているな」

とズバリと言ったのである。野坂は経済学部の学生だったが、ほとんど学校にも出ず、どこかの酒場のバーテンでアルバイトをしているという男だった。

「恋をした男の顔はすぐ嗅ぎつけらあ。俺の勤めている酒場にも、そんな不景気な面《つら》をした奴がよく来るぜ」

そうハッキリ言われる麟太郎は、今まで一人で我慢していた心の重荷をこの男に聞いてもらいたくもなった。

「その女の子の気持が、僕にはよく、わからないんだ」と彼は苦しそうに話した。

「ばかだな、お前」と野坂はいかにも自分だけは女心に通じているというように、「ためすんだよ」

「ためす?」

「そうさ。本当にその娘がお前をきらっているのか、それとも、多少は気があるから、わざとツンとしているのか――」

野坂は弟にでも言いきかせるように麟太郎の顔を見てニヤニヤと笑い、そして秘策を授けた。

その翌日、野坂は彼のガール・フレンドである新島友子を麟太郎に紹介した。友子は眼のクリクリとしたいかにも悪戯《いたずら》っぽい女子学生だった。

「トモちん。こいつを助けるため、あのことヨロシク頼むよ」

「まかしておいて、そんなことなら断然、片腕を貸すわ」

けれども麟太郎はその場になってみると、野坂に授けられた秘策を実行することが何か八重を侮辱するような気がして、後悔に捉えられてきた。

「やっぱり——俺」

「卑怯だぞ。今更」と野坂は笑いながら、「それをしなければ、お前だけでなく、その娘だって心の出口がないだろ」

国文科の講義がすみ、八重が小さな鞄をさげて、金色に赫《かがや》いた銀杏の校庭を帰りかけた時、野坂は、「そら!」と言って麟太郎と友子との肩を叩いた。

その時、大胆に友子は麟太郎の腕に自分の腕をすべりこませたのである。

「よしてくれよ。皆が見るじゃないか」

「あら、イヤだ」と友子は悪戯そうに笑った。「これが策戦なのに……」

彼女は麟太郎の手をグングンと引張って今、校門を出て坂路をおりかけている八重のあとを追った。

次第に両者の距離が短くなり、八重の赤い手さげ鞄が麟太郎の眼に痛いほどどしみはじめた。

彼は友子を不愉快に思い、彼女の手を自分の腕からはずそうとしたが、その時、彼等は既に八重を追い抜こうとしていた。

「ねえ、今から」その瞬間、友子は甘えるような声で言った。「銀巴里《ぎんパリ》に行かない。あそこにとっても有望なシャンソン歌手が歌っているの。沢庸子というの」

そして彼女はたちどまって、クリクリとした眼で麟太郎の顔を見つめた。彼はもう我慢ができなかった。友子の腕を払うとクルリとむきをかえて、今おりた坂路をもう一度、大学に戻ろうとした。

坂路の中途で八重が恨めしそうに鞄を両手で持ったままたっていた。その時、麟太郎は野坂が昨日、教えてくれた言葉を思いだし、悪いとは思いながら、言いようのない幸福感に包まれた。

二年後、八重と麟太郎は婚約をしたが、ある日、映画を見た後のコーヒー店で、彼は野坂との一件を八重にうちあけた。

「だから、友子さんとのこと、誤解しないでくれよ」

「そんなこと……」と八重は喘ぐように呟いた。そして恥しさをかくすため、「そして、その時、野坂さんは何て説明なさったの」

「もしもその時、君が」麟太郎はまるで暗記した格言を思いだしたように答えた。

「僕と友子さんとを見て知らぬ顔をしていたならだめだが、もし君の表情が少しでも恨めしげならば有望だと言ったんだ。なぜなら嫉妬は何よりも女の熱情をかきたてる感情だからね」

「まあ」

八重は恨めしそうに溜息をついた。だが彼女はその時、二年前彼女が自分の部屋で麟太郎のことをきらいになろうとしたことを思い出した。

女が自分にむかって、ある青年をきらい、きらいと言いきかせる時、彼女は既に彼を愛しているのだ——このことを八重はその頃、知らなかったのである。

ふるい遠い愛の物語

今日は、異国の古い愛の物語を話そう。

十七世紀の頃、ポルトガルのアルムテジョー県、最南端にベジャとよぶ町があった。グアディアナ河の碧い流れにとりかこまれたこの町には、三世紀も昔に建てられた聖クララ派の修道院が建っていた。

修道院の鐘楼にのぼると、城壁に包まれたベジャの町が一眼で見渡せた。町の向うには牧場や葡萄畠やオリーブの樹の林や丘が拡がり、そしてそれらは金色の地平線に夢のように消えていくのである。

一六六六年、この修道院にマリアンヌ・アルコフォラードとよぶ尼僧がいた。彼女はこの修道院のあるベジャの町に住む由緒ある騎士の娘だった。当時、この国はスペインにたいして独立戦争を起している時であり、マリアンヌの父も兄も、この戦いに加わっていたから、彼女は十二歳の時から妹たちとこの修道院にあずけられていたのである。

マリアンヌは二十五歳になるまで、朝夕の鐘の音しか、その静寂を妨げるもののないこのクララ修道院で、妹たちを教育することと、神を愛することだけで生きてきた。だがこの年の秋、彼女ははじめて人間への愛というものを知ったのである。

その秋のある真昼、彼女は修道院の露台にたって何気なく、真白にかがやいている街道を見おろしていた。一隊の竜騎兵隊が演習の帰りであろう、若い将校に率いられて修道院の前を通っていた。

マリアンヌの兄も、軍人だったから、彼女はひょっとしてその隊列の中に自分の兄の姿が見えないかと思い、少し体を露台から伸ばすようにした時、先導の将校がこちらをふりむいて笑った。その陽《ひ》に焼けた顔と、真白な歯がマリアンヌの眼にしみた。

「あれはフランスの軍隊ですわ」と同じように露台に出てきた彼女の同輩が得意気に呟いた。

「ポルトガルに味方をしてスペインと闘ってくれるフランス義勇軍ですの」

マリアンヌはその時、兄が自分の部隊にもフランス人の軍人たちがまじっていると何時《いつ》か話してくれたのを思いだし、何故か顔をあからめた。先ほどの将校の陽に焼けた男らしい顔と、無邪気に笑った時の真白な歯が胸に甦ったのである。彼女は尼僧である自分に気づき、そしてそのような妄想を心にうかべたことを苦しく思った……

一方、将校の方も露台からこちらを見おろしていた若い尼僧のことを隊に帰るまで忘れなかった。忘れなかったどころではない。その日から、彼女の面影は次第次第に、心の中に拡がりはじめ、この国の太陽のように彼の胸を焼きはじめたのである。

シャミリイ・シランジェールとよぶその将校は当時、三十歳、彼もまたフランスの貴族の生れだったが、平穏な巴里《パリ》生活に飽きあきして、進んでポルトガル独立の義勇軍に加わったのである。

マリアンヌの姿を再び見るために、彼はその日から演習の行き帰り、修道院にそったメルトラ街道を部下を率いて行進してみた。しかし、二度と、あの尼僧の顔は露台からも窓からもあらわれなかった。

シャミリイは次第に悲しげな、憂愁にみちた顔で、夕暮の空を眺めるようになった。ポルトガルの黄昏は長い。兵営をかこむ楡《にれ》の樹にもたれて、彼は薔薇色の雲を見つめ、ふかい溜息を洩らすことが多かった。

「どうしたのだ」

ある日、同じ隊にいるポルトガルの将校バルタザアル・アルコフォラードが心配そうにたずねた。シャミリイとバルタザアルとは年齢も同じだったし、国こそ違え、同じ貴族の生れだったから、何かと気心も合う友だちだったのである。

「ポルトガルという国は」とシャミリイは口惜しそうに答えた。「美しい女を修道院で生涯、送らせるのだな」

そして彼はバルタザアルに、先日、かいま見た尼僧のことを物語った。

「なんでもないことさ」バルタザアルは笑った。「その尼僧にもう一度、会いたいと言うのだな。よし、幸い俺の妹が、そのクララ修道院にいるのだ。彼女から、その尼僧の名を聞いてやろう」

次の日、シャミリイはバルタザアルにつれられて、あの古い修道院をたずねてみることになった。

修道院はベジャの町の南端にある。青い樹に包まれた門をくぐると、尖塔からひびく点鐘《てんしよう》の音がかすかにきこえ、白い鳩が翼をならして飛びたった。尼僧たちは各々、自分のための合図の鐘を持っているので、バルタザアルもそうして妹を呼びだしたのである。

長い、人影のない廊下を一人の尼僧が近づいてきた。バルタザアルは椅子から立ちあがり、シャミリイに囁《ささや》いた。

「妹を紹介しよう」

その時、シャミリイは低い声で叫んだ。尼僧もまた、たちどまり、苦しそうに顔をこわ張らせた。バルタザアルに紹介された彼の妹こそ、シャミリイがあの日、街道から見た尼僧だったのである。

その日から二人は烈しい恋におちた。マリアンヌは尼僧という身にありながら男を慕う罪に苦しんだが、しかし彼女の情熱はその苦しささえ、燃え尽してしまったのである。むしろ、その罪の苦しささえ、心の炎をかきたてたと言ってよい。今日、私たちが知っているのは、この二人の恋が一年間、つづいたということである。マリアンヌは、自分の恋を同輩のドナだけに打ちあけたが、ドナは彼女のために、シャミリイをその後、屢々《しばしば》、修道院の中に手引きしているのである。

一六六七年、つまり二人が愛しあってから一年後の暮、シャミリイは突然、本国から帰国を命ぜられた。

その頃、彼は既にマリアンヌに飽きはじめていた。巴里の女とちがい、恋のかけ引きも知らず、ただ一途に燃え上るこのポルトガル尼僧の愛は今となって彼には重い荷のように感ぜられ、むしろ、いとわしいものにさえ思われてきた。本国からの帰還命令は、シャミリイにとっては、この重荷を捨てる絶好の機会だったのである。

マリアンヌに別れの言葉すらも告げず彼は、ポルトガルから巴里に戻った。恋人に捨てられたことにまだ気のつかなかった彼女は、ただちに巴里にあてて手紙を書き送った。しかし、シャミリイからは返事も届かなかった。

彼女が、その後幾通の手紙を巴里にいる冷たい男に与えたか、私たちはつまびらかにしない。今日、それらの手紙のうち、残っているのは僅かに五通のみである。

だが、この五通に眼を通す時、私たちは一人の尼僧ではなく、マリアンヌ・アルコフォラードという女が愛の森をくぐり抜け、遂にそれ以上の世界に出てしまったことが、はっきりわかるのである。不安、動揺を紙面いっぱいに波うたせた第一番目の書簡には次のようにしるされてある。

「私は貴方が私のことをお忘れになったとは考えたくはありませぬ。ありもしない疑惑に心を苦しめるまでもなく、私はもう充分、不幸なのでございます。……あまりの苦しさに、私は気を失い、気を失いながら貴方の姿を探していたように思われます」

だが、この手紙に返事は来なかった。シャミリイはその頃、巴里のサロンからサロンへ新しい恋の相手を求めては歩きまわっていたのである。

第二の手紙は第一の手紙より、もっと苦しい。マリアンヌは既にシャミリイの心を知り、知りながら、どうしても諦めきれぬ自分とむなしい闘いをつづけて書いている。

「もう、およし。無駄な希望をかけて身を疲れ果てさせるのはおよし。不幸なマリアンヌ」と彼女はその手紙の中で自分に言いきかせているのだ。「二度と、会うことのできぬ恋人を探すのはおよし。あの人はお前を捨てて海を渡り、今はフランスで楽しんでいらっしゃるのだ」

だが、そう叫びつづけても、彼女はシャミリイを恨むことさえできない。すぐ、その後で彼女は次のように悲しい言葉を書きつけているのである。「でも、私はあなたを憎むことができない。私はあなたが私のことを忘れたとはどうしても思えない」

やがて、やっとシャミリイから一通の返事が来た。けれどもその返事は、すべて誠実味のない男たちが最後に女に与える言い訳にすぎなかった。「二度と会えない」というむごい言葉がそこに書かれていたのである。

恋に破れたマリアンヌを憐れんで、かつ尼僧としての義務を破った彼女を罰するために、修道院はマリアンヌに門番の仕事を命じた。

マリアンヌは神の代りに人間を愛した自分をたてなおすためにも、この賤しい仕事に身を打ち込みはじめた。信仰に再び生きること以外に、今、彼女の傷をいやす路《みち》はなかった。けれども彼女が人を愛したということは決して無駄ではなかった。たとえ、それが不実な男であったとしても、マリアンヌは愛の苦しさ、愛の深さ、愛の恐ろしさ、それら全てを知ったのである。そしてまた、その愛の中から神にたいする愛の多くのものを学んだのである。

一方、シャミリイはフランスで軍人として幾度かの戦いに出軍し、次第に位をのぼっていった。やがて彼はあまり美しからぬ女性と結婚したが、その結婚も愛のためよりは出世の手段のために行われたものらしい。ともかく彼はこの妻の助力で、侯爵の位も得、晩年元帥に任命されたのである。

一七一五年、シャミリイは七十九歳で死んだ。晩年の彼は肥満した、そして自分にも自分の境遇にも満足しきった男だったらしい。

彼が死んで八年後、マリアンヌは八十三歳の高齢でこの世を去った。彼女の心から何時《いつ》、シャミリイの面影が消え去ったかは知らない。

ただ彼女は晩年、修道院の院長の候補となるほど、信仰と修道の路に歩みつづけたことが私たちにはわかっている。

次にあげるのはマリアンヌがシャミリイに送った最後の手紙の一節である。先にも述べたようにこれはシャミリイから送られたただ一つの返事、つまり絶縁状にたいして答えたものだが、あれほど彼女を苦しめていた不安や疑惑の代りに、怒りと恨みとが、あれほど彼女を卑屈なまでに引きさげていた哀願と涙の代りに、決断と諦めとが全文の調子となっているのだ。

「あなたは、私がおれてでたことを喜んでいらっしゃるでしょうし、得意に思っていらっしゃるでしょう。もうそんなことは伺いたくありません。二度と私にお手紙は下さらぬようにとお願いいたしましたが、又、重ねて申し上げます。あなたはご自分のお仕打について一度でも反省あそばされましたか。この世のだれよりも私に苦しめられていいということを、ただの一度だってお思いなされましたか。私は狂人のようにあなたをお慕いいたしました。いかに、私はあなた以外のものを軽んじたことでしょう。……しかしあなたは私を喜ばせるために、いったいどんなことをして下さいましたか。何を犠牲にして下さいましたか。命がけの憎しみであなたを憎むのは当然だと思います。もしもう一度この国におこしになることがありましたら、私の一族は必ずこの恨みをはらすことでございましょう」

チュウリップ

六甲のプラットホームで電車を待つ間、楠本栄吉は週刊誌を読んでいた。そのとき、彼は横に立っていた若い女性がじっと自分を見つめているのに、気がついた。

気の弱い楠本は自分の視線と向こうの視線とが出会うと思わず眼をそらした。

女はすきとおった夏羽織を着ていた。その黒い羽織の襟《えり》から、白い絽《ろ》の着物がのぞいていたが、姿や化粧からいって、生田のどこかで、酒場に勤めている女のように楠本の眼にうつった。

「なんや」

楠本が視線をそらしたにかかわらず、女はまだ無遠慮に彼を眺めることをやめなかった。

思いきって彼は顔をあげてたずねた。

「なんや、御用でっか」

「あのォ……あなたは国松さんや、ありませんの?」

「国松？」

「ええ、巨人軍の国松選手やありません？」

楠本はびっくりした。軽金属会社の実直な課長である彼は、他の同僚たちと違って、野球にもマージャンにもほとんど興味がなかった。一、二度、友人に誘われて西宮にナイターを見物に出かけたことはあるが、ルールをほとんど知らぬために、観客たちがなぜ騒いだり、声をあげたりするのかが理解できなかった。そんな彼だから、もちろん、巨人軍の国松選手の名は聞いてはいたが、その人と自分とが似ているとは考えもしなかったのである。

楠本が当惑して首をふると、女は微笑をうかべて、まだ、彼を見つめていた。

「おどろいたわ。国松選手にあまりよう似てはるさかい、まちごうてしもうたんです」

「いや、いや」

週刊誌をまるめて楠本が苦笑したときに、電車がプラットホームにすべりこんできた。

二人は肩を並べて吊り皮にぶらさがった。座席にすわっていた男たちが、いくぶん、妬《ねた》ましそうな眼で彼と女とを見くらべている。楠本としても、今日まで妻以外のこんな若い女と二人っきりで電車に乗るような経験は初めてだった。

「ほんまに、失礼しましたわ」

「いや、いや」

「いつも、この電車に乗りはりますの。わたしも、いま時分、ここから乗りますのよ」

「お勤めでっか」

蚊がなくように楠本は窓のほうを眺めながら、女にそっとたずねた。

「三宮のバーに働いてますの。ラドンナというバーですわ。一度、いらしてくださいません？」

女の声は電車の響きで途切れ、途切れにきこえたので、

「え？」

と、ききかえすと、白いふっくらとした笑顔をこちらに向けて、

「ラドンナ。三宮映画劇場のすぐ向かいですわ」

そう教えてくれた。

終点で女と別れた。別れたあとも楠本の脳裏には女の黒い夏羽織と、絽の着物の白さが鮮やかに残っていた。

彼はそのことを会社の同僚にも黙っていた。もちろん帰宅しても妻にもしゃべらなかった。そして四、五日たったある夜、家にもどるために三宮を通りかかったとき、思いきって、そのバーに寄る勇気をおこした。

店はすぐわかった。映画館の斜め向かいに、厚い板に鋲を打ちこんだ扉があって、その上にラドンナとクリーム菓子に描いたチョコレート文字のようなネオンが光っていた。

扉をそっと押すと、いくつものボックスに客が女給たちにとりかこまれてすわっていた。

その女給たちのなかに、あの女の姿をさがしたが見当たらない。楠本は少なからず、がっかりとした。

おずおずとボーイにビールをたのみ、小猫のような顔をした女給を相手にコップを手にもつと、

「初めてのお客さんね」

「君は東京から来た人やな」

「そうよ。すぐ、わかる?」

無駄話をかわしているとき、横のボックスから別の客の声がきこえてきた。

「そんなに俺、似てますかいな」

「似てはるわ」

「ふうん。初耳やで。そんなに俺、大洋の桑田選手に似とるんかいな」

「そうよ。ガッシリして、素敵やわァ」

顔に一発、きれいなストレート・パンチをあびせられたように楠本はポカンとした。思わず手に持っていたコップを落とすところだった。隣のボックスにすわっている客は、要するに猪の首で肩幅が厚いという以外には、縦からみても横から見てもいっこうに大洋の桑田選手とは似ていなかった。

「君たちは」と楠本はコップを握りしめながら、小猫のような顔をした女給にたずねた。

「男を甘いもんやと思うやろね」

「まァ、どうして……そんなこと、考えたこともないわ」

「うそこけ。あの客を、君らの誰かが大洋の桑田に似てる、言うて話しかけたのやろ」

女給は眼を細めて、楠本をながめながら狡《ずる》そうに笑った。

「知ってたの。ごめんなさいね。マネージャーの命令なの。夏枯れでしょう。客寄せに新手として、路《みち》で会った男に、有名人の誰かに似てるって話しかけろと言うの。誰だって、そう言われれば悪い気はしないわ。あとは店の名を教えれば、それでOKよ」

あなたも瞞《だま》された一人？　というようす笑いを女が浮かべたので、楠本は不機嫌な表情で横を向いた。巨人の国松に似ていると言われ、少し得意そうに笑ったプラットホームでの自分が、いま眼に見えるようだった。あのとき、あの女は心のなかでペロリと舌を出しながら、どんなにおかしかっただろう。

「怒らないでよ。だって命令だもの。仕方ないでしョ」

「ああ、怒らへん。怒らへん。怒るだけ野暮やさかいな。しかし男って」

楠本も流石《さすが》にニヤニヤとして、

「ほんまに鼻下長《びかちよう》なもんやなあ」

「可愛いくらいに、無邪気なもんよ」

女給は楠本が機嫌をなおすと、今度は得意になって言った。

「そんなに瞞しやすいか」

「そりゃ」

「そうかなあ」

「そうよ。たとえば、あんただって、奥さんの生んだ子は自分の子だと信ずるでしょ」

「あたり前や」

「そこが甘いのよ」

女給は急に顔をちかづけ、小声で、

「あのボックスにいるショート・カットの女の子。そう、そう、あの子なんかさ、亭主以外の男とできて……、その赤ん坊を生んだんだけどさ、ダンツクのほうが、てんで自分の子供と思いこんでるんだってよ。いい気なもんね」

勘定を払って外に出た。三宮まで歩きながら、彼は自分の周囲を歩いているさまざまな男たちをぼんやりと眺めた。

勤め先から帰宅を急ぐ中年男もいた。楠本と同じようにたったいま、どこかで酒を飲んできたらしい若い男もいた。いままで彼は、自分と同じような、そうした男の顔に特に好奇心を持つことはなかった。が、いま、それらの顔はすべて、巨人の国松や大洋の桑田に似ていると女に囁《ささや》かれれば、たちまち飴のように細長く溶けてしまうように思われた。

楠本の記憶には、さっき女給がなに気なしに洩らした一言が、舌の先についた苦い味のように残っていた。「あんただって、奥さんの生んだ子は自分の子だと信ずるでしょ」

六甲にある自宅にもどったとき、子供たちは既に眠っていた。楠本の細君は台所を兼用したダイニング・ルームで月遅れの婦人雑誌を読みながら夫の帰りを待っていた。

「あら」

細君は怪訝《けげん》そうな顔つきで、

「びっくりするじゃないの。裏口から突然、はいってくるなんて」

だが、楠本は、それに返事をせず、じろじろと妻を見た。


一か月たってから、彼は一週間ほど東京に出張した。仕事はビルマから来たバイヤーとの折衝である。そのバイヤーが泊まっているのは九段にあるDホテルだったから、楠本も便宜上、ここに部屋をとった。

仕事が一段落すると、バイヤーは他の友人と箱根に出かけた。楠本は彼の帰りをまって最終確認の書類をつくってから関西にもどるつもりだった。

一人ぼっちでホテルに残った日、彼は朝、ゆっくりと眼をさました。今日一日は出勤する必要もなく、のんびりとできるだけに朝寝を充分たのしみたかった。十時ちかく、髭《ひげ》をそって、シャワーをあびると、彼は洋服に着がえて、下の小さなホールにおりていった。

こぢんまりとしたホテルであるから、その食堂は閑散としている。隅の席で中国人夫婦らしいのがトマト・ジュースをゆっくりと飲んでいる。斜めの白い卓子には栗色の髪の毛の外人の若い女が、新聞を読みながら珈琲《コーヒー》茶碗を片手にもっていた。

窓からさしこむ光が、その外人の若い女の横顔にあたっている。さして美しくはなく、外人にしては地味な目鼻だちだったが、化粧の具合いも温和《おとな》しい。

このDホテルには東京のナイト・クラブやキャバレーに出演する外人の二、三流芸人がよく泊まると聞いていたから、彼女もそうした一人だろう、と楠本は思った。

楠本はベーコン・エッグと熱い珈琲とを注文しながらぼんやり外の風景を眺めていると、耳にボーイとさきほどの外人の若い女との声がはいった。

ふりかえると、女はさかんになにかを説明しているらしいのだが、ボーイにはその言葉が理解できぬらしかった。こういうときの日本人の癖で、彼は当惑したようなうす笑いを頰に浮かべたまま、棒のようにたっていた。その姿をまた、隅の方角から中国人夫婦が驚いたように眺めている。

楠本は少し、勇気を出して、

「お助けしましょうか《メイ・アイ・ヘルプ・ユウ》」

と若い女に話しかけた。

大阪の外国語学校を出た彼は、完全とはいかなかったが、どうにか英語だけはできたのである。

助かった、というように若い女はうなずいて楠本に説明した。自分はこの人に東京で真珠を売っている店をたずねたのだが、わからないのだと言うのである。

それから二人の会話が始まった。食卓は別々だったが楠本が珈琲を飲み終わってたちあがると、若い女もにっこり笑ってナプキンを卓子の上においた。

まるで前からの知り合いのように楠本と彼女とは肩を並べてロビーのほうに歩きだした。想像していたとおり、女はラスベガスから来たおどり子だった。三人の組になってここに泊まっていたのだが、他の二人はウイーク・エンドを利用してマネージャーと京都に出かけたのだと言う。自分は風邪を引いたから大事をとってホテルに残ったのが残念だ、と女は笑った。女の名はケティ・スタグフィールドという舌を嚙みそうに長い名である。

ロビーでは誰も見ていないテレビが映っていた。古い映画の再上映らしく、侍たちが登城する場面だった。

「あの着物の上に着ているのはなにか」

ミス・ケティはびっくりしたように楠本にたずねた。

「ああ……あれは羽織というのです」

そう答えながら、彼はもし同僚たちや、いや自分の細君がいま、この光景を見たらきっと驚くだろうと思った。若い外人のおどり子と自分とが、ホテルのロビーでソファーに体を触れあわせながらテレビを見ている。それは一種の虚栄心をくすぐるに充分な光景だった。

「東京でいろいろな所を見たいですけれど、わたし、どこに行っていいか、わからないです」

指をちょっと嚙みながらミス・ケティは哀しそうに言った、おどり子なのに、その指に毒々しいマニキュア一つしていないのに楠本は好感をもった。さすが日本の軽薄な女たちとちがって、外国の娘たちは生活も地味なのだと考えた。

「もし、よかったら」

彼はシガレット・ケースの蓋《ふた》を、あけたり、しめたりしながら、おずおずと言った。

「私が御案内しましょう。ちょうど今日、暇ですから」

「オー、ノオ、ノオ」

ミス・ケティは恐縮したように首をふった。初めて会った人に、そんな世話をしていただくのはとんでもない――そういった驚きが、顔いっぱいにあらわれていた。

「遠慮しないでください」

楠本が哀願するように言うと、ミス・ケティは顔をあからめさえして、

「サンキュウ、サンキュウ、サンキュウ」

やっと首をたてにふったのだった。

陽差しのあかるい秋の日だった。

楠本はミス・ケティをどこにつれていこうかと考えた。宮城《きゅうじょう》や東京タワーや、いわば東京

の名所旧跡のような場所がホテルからタクシーで外に出たとき、彼の頭につぎからつぎへと浮かんだ。しかし、そういういわばお上りさんたちが集まる場所に、この外人の女性をつれていくのは、いささか自分の趣味を疑われそうな気さえした。

「どんな所が、お好きですか」

思いあまって、そうたずねると、

「どこでも《アズ・ユウ・ライク》」

白い手袋をはめながら、ミス・ケティは彼を見あげて、眼にも体にも全面的な信頼をあらわすのだった。

その顔を見て、楠本はなぜか、オードリー・ヘップバーンという女優を思い出した。おどり子というが、髪をみじかく切ったこの白人の娘は、体も日本人の娘ほど小さく、可憐だった。口紅もつけていない口が微笑むとき、清純な歯が見える。まだ初々《ういうい》しい女子学生のような雰囲気があった。

楠本がオードリー・ヘップバーンを思い出したのは、ひょっとすると彼がもう何年も前、細君にせがまれて、その『ローマの休日』とかいう映画を見たせいかもしれなかった。それは一人の新聞記者が某国の王女を王女と知らないふりをしてローマを案内して歩くうちに、二人が恋に陥るという甘たるい映画だった。うす暗い映画館のなかで細君は感激し、しきりに吐息とも溜息ともつかぬ声をだしていたが、楠本は退屈で、居眠りを少ししたぐらいである。

しかしいま――

こうして白人のあどけない娘を東京に案内してまわる自分の姿は『ローマの休日』の新聞記者によく似ていた。必然的に、楠本は今日一日、この小さな冒険のおわりに、自分と彼女とが、あの映画の結末と同様、悲しいが、せつない恋愛をするのではないかと空想しはじめた。

(馬鹿な……)

四十歳の彼はこの小児的な空想に気がついて、思わず苦笑したが、

(しかし、もし、そうだとしたら、こんどの出張は悪くないぞ)

そう考えるのだった。

宮城前でタクシーをおり、彼は、ミス・ケティを濠ばたまで連れていった。青ぐろい水面に秋の陽が光り、その光のなかを白鳥がゆっくり泳いでいる。

「あの石垣をごらんなさい。すばらしいもんです」

彼は別にこの石垣がすばらしいとは思わなかったが、ずっと前、新聞で外国の芸術家がひどくここの石垣をほめたと読んだことがあるのでそう言ったのである。

「オー、ビュウティフル」

ミス・ケティは、感にたえたようにそう小さく叫び、尊敬の眼差しを楠本に向けた。

「オー、ビュウティフル」

ほう、すると、このうすぎたない石垣もやはり悪くはないのかなあと楠本は考えた。自分にはさっぱりわからんが、この外人の娘はひどく感心している。やはり外人ともなれば、おどり子としての見る眼があるにちがいない。

濠にそって二人が歩きだすと、通りすがりの日本人たちが、チラッと楠本とミス・ケティとを眺めた。たしかにその眼には羨望とも嫉妬ともつかぬ光がまじっている。

楠本は彼女をつれて霞が関に出ると、官庁街やＮＨＫを見せた。虎ノ門から国会議事堂に出た。

「こんどはウエノとアサクサに行ってみましょう」

出張費は少し余分にもらってきたから、楠本の懐中はあたたかかった。

浅草の観音さまの前には今日もお参りの人たちが仲見世をぶらぶら散歩して、鳩に豆をやっていた。屋台では色をつけた水や綿飴を売っている。

観音の大きな提灯をながめると、ミス・ケティは驚いたように、

「オー、ワンダフル」

と叫んだ。

さっきから、この娘はなにかを見るたびに、オー、ビュウティフルか、オー、ワンダフルの二語しか叫ばないのに楠本は気がついていた。

（よほど、純情な娘なのだな）

　このときも彼はミス・ケティに好意をもった。日本の若い女性ならば、なにを見せても、わざとスマして見せたり、軽蔑的なうす笑いをうかべるだろう。しかし、この人はこちらの好意に素直に応じてくれるのだ。

　ミス・ケティが豆売りの老婆から豆を買ってしゃがむと、寺院の屋根からも塀からも、鳩の群が集まってきた。

「可愛い鳩」

　彼女は自分の肩や掌にまで這いあがってくる鳩に、眼を細めて笑った。参詣の日本人たちはその白人の娘を珍しそうに眺め、

「見てみろよ。あの毛唐の娘に鳩もひどくなついてるじゃねえか」

「ちょっと、可愛い顔してるな」

　袖を引きあいながら、無遠慮なことを囁くのが楠本の耳にはいった。楠本はそれを聞くと、軽いセキばらいまでして、この娘の同行者が自分であることをそれとなく人々に見せた。わざと聞こえよがしに、

「ミス、ケティ、レット、アス、カム、バック」

　そう言って彼女のそばに近寄った。

上野の万寿亭という料理屋で昼飯をくった。

もう、このときは楠本もだいぶ胆《きも》っ玉がすわってきたから、料理屋の女中が、

「お連れの外人さまには日本食だけでよろしいんでございますか」

などと聞くと、

「馬鹿言っちゃいけないよ、外人が日本にまで来て、外国料理をたべる必要はないだろ。外人が日本に来るのは、一つは日本料理を味わいたいからなんだ」

と威張ってたしなめた。

料理が運ばれるとミス・ケティは横ずわりになったまま、頬杖をついて楠本の顔をじっと見た。

葡萄色の二つの眼が愛くるしかった。楠本はその眼がオードリー・ヘップバーンにそっくりなような気がした。

「ミスター楠本、あなたは日本で一番、私の感謝する人です」

「ノット、アット、オール」

「日本からラスベガスにもどっても、あなたのスーブニールは消えないでしょう」

「サンキュ、ミス・ケティ」

「ミスター楠本、あなたはディレクターか」

ディレクターという意味が彼にはよくわからなかった。聞きかえすと、彼女の言おうとし

ていることは、楠本がどこかの会社の社長か、支配人かということらしかった。

楠本はノオと言いかけて思わず、その言葉を咽喉もとで押さえた。自分が神戸のあまり大きくもない会社の課長だと正直に言えなかったのである。この外人の娘に少しでもよく思われたいという虚栄心が胸のなかで疼《うず》いた。

「イ……イエス」

彼はそう言って顔をあからめたが、向こうはそれを照れ臭さと受けとったようだった。

「あなたは金持ちか」

「ノウ、アイム、プアー」

しかし、ミス・ケティは笑って首をふった。それから彼女は頰杖をついたまま相手を調べるように、真剣な眼つきで楠本の顔や洋服を見ていた。

料理が運ばれ、酒が次第に体にまわりだすと、あまりアルコールに強くない彼の顔は真赤になった。酔いの勢いに乗じて、彼は自分の会社のことをしゃべった。従業員二百人の会社だが、自分は父についで二代目の社長だとうちあけた。もちろん、そんなことは根も葉もない空想だったが、しゃべっているうちに彼は次第に自分が社長室の皮椅子に腰かけているような気がしてきた。

「やがて、米国人とも取り引きをしたいと思っているわけです」

彼は自分の会社の筆頭常務である笠岡氏がするように、人差し指と中指とで煙草をつまみ、自信ありげに言いきった。相手はラスベガスのおどり子だった。こういう空想をでたらめにのべたてたところで、バレる気づかいは、決してないだろう。

「ミスター楠本、それではいつか米国に来る？」

「オフ、コース」

「そのときは、ラスベガスに寄ってください」

こんどは彼女が身の上話をする番だった。正直なミス・ケティは自分がカリフォルニアの貧しい煙草屋の娘であること、アルバイトをしながらカレッジを卒業したこと、カレッジのときから芸人になりたいと念願していたことを語った。そしていま、やっとラスベガスの小さなキャバレーでおどれるようになったが、まだ貧しい一人ぽっちのおどり子だと悲しそうに笑った。自分の念願はラスベガスで一番大きなナイト・クラブ「ラ・フォンテーヌ」の舞台に出ることだと、窓のほうを向いて呟くのである。

「ユー、キャン」

できますよ、必ずできますよと楠本はうなずきながら、さきほどの空想をその言葉にまぜあわせた。自分がやがて米国に行ったとき、この娘のパトロンのような形で、そのナイト・クラブに出演させてやることができたら、どんなに幸せであろう。

だが酒の酔いがさめるにつれて、この子供っぽい夢想に楠本は気づき、苦い表情にもどった。

「出かけますか」

料理屋を出ると、二人はさきほどの日比谷にもどった。秋の日は既に暮れかかっていた。他になにもすることがないので、楠本はミス・ケティをつれて銀座の歩道を歩いた。銀座のこみあった人群のなかに時々まじる外国婦人にくらべても、ミス・ケティはたしかに可憐だった。

彼女は足をとめて、一軒の貴金属店のショーウインドーに顔を当てた。

ミス・ケティが覗いているのは、真珠の首飾りや指輪だった。楠本は彼女が今朝、ホテルのボーイに真珠店の場所をたずねていたことを思いだした。

彼はだまってその横顔をながめていた。いくら何でも高価な真珠まで買い与える気持ちは彼になかった。出張費の残りはまだ懐中にあったが、ホテル代を精算すれば五千円しか残らない。その五千円に彼が万一のために用意してきた一万円が残金だった。楠本は細君がこんどの出張費をうかせて、冬の石油ストーブを買いたがっているのを知っていた。

ショーウインドーから顔をはなしてミス・ケティは溜息をついた。

「買わないのですか」

そうたずねると、弱々しく首をふって、

「高すぎます。わたしは母や父に土産を買わねばならない。自分のためには真珠は高価な品……」

そう呟いた。

彼女がせつないほど、真珠をほしがっているのはあきらかだった。憐憫と同情と……それに会社の社長である虚栄心とが衝動的に楠本の胸をつきあげ、

(ええ、女房はなんとかなるだろう)

彼はミス・ケティをそこにおいて店内にはいった。

店員をよびだし、一万二千円と白いカードのおいてある真珠の指輪を指さして言った。

「これをくれないか」

ミス・ケティはさきほどと同じように、

「オ、ノオ、ノオ」

あたりかまわず、大きく首をふったが、楠本は微笑して、まるで外国映画にでも出てくる男のようにやさしく彼女の肩をたたいて、

「これは……」

楠本は悠然として言った。

「一人の日本の男性から、美しい女性へのプレゼントです」

こんな気障《きざ》な言葉も、ともかくも英語でいうと肌寒くはなかった。

ミス・ケティはじっと楠本を見あげた。それから店員たちが見ているにかかわらず伸びあがるようにして、突然、彼の頰に接吻をした。楠本は仰天したが、頰に熱い焼印をあてられ

たような気持ちだった。

ホテルにもどったとき、彼は、自分は今日、これ以上、ミス・ケティにベタベタしないほうが得策だと考えた。むしろ夕食の時間まで知らん顔をして、明日はただニッコリ微笑するだけにしよう。そのほうが奥ゆかしく見えるにちがいない。

彼の部屋は三階だった。自動エレベーターでミス・ケティと三階までのぼり、

「じゃ、グッバイ。夕食のとき、また」

軽く頭をさげたとき、彼女はいま一度、楠本の頰に接吻して、可愛らしい日本語で、

「さ、よ、な、ら」

と言った。

「ハッ、ハッ、ハッ」楠本は笑って自分も日本語で「さ、よ、な、ら」と言った。

部屋にはいると彼は上衣をぬぐ前にすぐ懐中を素早く計算した。タクシー代五百円、料理屋四千円、真珠一万二千円、鳩の豆代十円、計一万六千五百十円を今日のミス・ケティとのデイトに使ったことになる。真珠の代がなんといっても痛かった。

（まァ、仕方ない。いわば、これは支度金みたいなものだからな。今夜がおたのしみだ）

今晩は晩飯のあと、ミス・ケティとホテルでテレビでも見ながらゆっくり話をしよう。それなら一円も使わなくてすむと頭のなかで計算したのだった。

晩飯の時間までベッドで少し居眠りをして、七時ごろ食堂におりた。洋服は一着しか持っ

てこなかったから着がえをすることはできなかったが、Yシャツだけは真白いのに変えた。

食堂は相変わらずガランとしていた。隅の食卓で今朝と同じように中国人の夫婦が四十雀《しじゆうから》のように腰かけている。

食事をしながら、彼はミス・ケティを待ったが、彼女の姿は最後まで見えなかった。

（ひょっとすると、もう先に食事をすませたのかもしれん）

彼はいそいでロビーに出てみたが、そこにもミス・ケティの姿はなかった。三人ほどの日本人がぼんやりと紅茶を飲んでいるだけだった。

思いきって、フロントでミス・ケティの部屋番号をきこうと思ったが、黒服をきた事務員たちから変に思われるのも癪《しやく》なので、楠本はまだみれんがましくロビーで見たくもない新聞を読みながら時間をつぶした。

十時ごろ、やっと諦めた彼はすごすごと部屋にもどった。

翌朝の食堂こそはと胸をはずませておりていったのだが、こんども彼女の姿は見えないのである。

「おい。おい」

彼は珈琲をはこんできたボーイに声をかけた。

そのボーイは昨日、ミス・ケティに話しかけられて照れ臭そうなうす笑いをうかべていた男だった。

「御用でございますか」

「昨日、君が途方にくれていた外人の女性……」

「ああ、あのときはありがとうございました」

ボーイはいちおう、頭をさげたが、その頬には嘲《あざけ》りとも皮肉ともつかぬうす笑いがうかんでいた。

「いや」楠本はできるだけ平静を装って「あの女性は今朝、食堂に来たかね」

それから弁解するように、

「なに、また不便なことがあると気の毒だから……助けてやろうと思ってね」

「いいえ、いらっしゃいません」

「食事の時間は遅いのかな」

ボーイは怪訝そうに首をふった。

「あの外人の女性は……お泊まりじゃございませんが……」

「なんだって」

楠本の声は向こうの中国人夫婦がこちらをふりむくほど大きかった。

「はい」ボーイは事務的な声で「昨日の朝、初めていらっしゃった食堂のお客さまで……この御滞在客ではございません」

ホテルの食堂は必ずしも滞在客だけとは限らない。フリの人間だって、そこにはレストラン同様に出入りして食事をするのを楠本はすっかり忘れていた。

「君、そりゃあ、たしかか」

「たしかでございます。フロントでお聞きしてもよろしゅうございますが……こぢんまりしたホテルですから、お泊まりの客のお顔は私、存じております」

楠本は一か月ほど前に三宮のバーに巨人軍の国松といわれてノコノコ出かけていったときと同じような衝撃をうけた。

「じゃ」溺《おぼ》れるもの藁《わら》をもつかむ気持ちだった。「いままでいちどもあの人はこのホテルに……」

「いらっしゃいません」

ボーイは冷たく答えた。

そのとき、楠本はなぜか突然、昨日、エレベーターのなかで、

「さ、よ、な、ら」

一語一語、明瞭にくぎりながらミス・ケティが日本語で別れを告げたのを思いだしたのである。あの、「さ、よ、な、ら」は晩飯までさよならの意味に彼は解釈していたのだが、本当は、

「アバヨ、アホタレ」

そういう意味だったのだ。

（ああ、一万六千五百円！）

楠本は両手で、頭をかかえた。

しかしまだ心のなかでは、もういちど、ミス・ケティがこのホテルにあらわれるのではないか。あの可憐な娘が礼も言わず風のように去って行くはずはないと考える気持ちが残っていた。だが、当日の夕方、彼が箱根からもどってきたバイヤーと会い、勘定をすませてホテルを出る瞬間まで、おどり子の姿は遂にあらわれなかった。

「チョッ」

ホテルの玄関を出るとき、楠本は胸の底から憤りがこみあげて大きな舌打ちをした。

しかし一週間後、彼はミス・ケティを見た。見たといっても現実に会ったのではない。

その夜、彼が会社からもどり、晩飯をくったあと、テレビをなに気なしに見ていると、ミス・ケティが画面にあらわれたのだ。

それは、四人の解答者たちがアナウンサーに紹介された人の秘密や行為を言いあてる番組だった。

ちょうど楠本がチャンネルをまわしたとき、若いアナウンサーの横に、見憶えのあるあの白人の娘がすわったところである。

「あッ」

彼は思わず小声で叫ぶと、妻に気づかれなかったかと、口に手を当てたほどだった。

（たしかに、あいつだ）

ミス・ケティは相変わらず、可憐な、清純な微笑を唇にうかべていた。

「それはあなた自身の行為ですか」

すると通訳がミス・ケティに質問者の質問を伝える。

「イエス」

おもしろそうに彼女はうなずく。

「大きく、現在、未来、過去にわけて、それは過去の行為ですか」

作詩家で有名なF氏がたずねると、

「いやいや」

こんどはアナウンサーが首をふる。

だが、二分もたたぬうちに、ミス・ケティの秘密は言い当てられ、会場から拍手が起こった。

「そうです。私は各国をヒッチ・ハイクで歩いてきた女子学生です。私は日本に来て一か月になりますが、いろいろな日本人に親切なサービスをしていただきました」

アナウンサーが、あらためて解答を読みあげ、ケティと二、三、きまりきった会話をかわした。

「日本は気に入りましたか」

「オフ、コース、ベリィ」

「日本人をどう思います?」

このとき、ミス・ケティの顔に神秘的な笑いがうかんだ。

「とても、女性を大事にする国民だと思います」

会場では彼女のこのウイットネスに爆笑が起こった。

楠本はその爆笑がまるで自分自身に向けられているような気がした。

「あなた」

と横から細君が口を出した。

「テレビをごらんになるのはいいけれど、出張費の残り、家にはまわしてくださらないんですか」

赤い帽子

「列車がはいりまあす……列車がはいります……御乗車の方は順序よく一列に並んでお待ち下さあい」

拡声器から汽車の到着を教える声がながれてきた。歌っているように馴れた声だ。汽車に乗る人たちがゆっくり左に動きはじめる。見送り人がそのうしろに続く。ホームの外には霧のような雨がふり、ネオンの赤い色がその雨にぬれて震えている。

「いいこと、美奈ちゃん。叔母さま、電報をうってくるわ。ここで待っていてね」

叔母さまは手にもっていた携帯ラジオを美奈子にわたしてもう一度、

「動いちゃ駄目よ。急がなくても、あなたは寝台車なんだから席をとる必要はないのよ」

「わかっているわ、叔母さま」

美奈子は鞄と携帯ラジオをもって肯いた。叔母さまがホームに雑踏する人ごみに消えた時、白い雨足をついて大阪行の急行がゆっくりと滑りこんできた。

「押さないで……押さないで……順序よく一列に並んでお待ち下さあい……」

お正月が終ったばかりなので帰省する人や東京見物から戻る人たちでプラットホームは溢れている。美奈子もその一人だ。神戸の高校生である彼女はこのお正月を利用して東京の叔母さまの家に久しぶりに遊びにきたのである。

あかるい灯のともった客車の窓がいくつも美奈子の前を通りすぎていく。はじめは三等車、それから二等車、白いテーブル・クロースの赫《かがや》いている食堂車、それから三台の寝台車だ。

「ほら。キャンディ」

売店から戻った叔母さまはショコラのキャンディをいれたセロファンの包みを美奈子に渡して、「信ちゃんも送りに、来たかったんだけれど、お友だちとどうしてもお約束があって残念がっていたわ。今、電報をうったあと電話してみたのよ」

レインコートのフードの中で美奈子は一寸《ちょっと》、顔をあからめた。信夫さんは叔母さまの長男である。今度、久しぶりで東京に遊びにきてみると、彼、すっかり大学生になっていた。高校生の美奈子など頭から子供扱いにして口惜しいったら、ありゃしない。けれども彼、ジョセフ・コットンと探偵小説が好きな点で美奈子と話が合うのである。

(あんな、お兄さまを持てたらどんなにいいだろうな)

叔母さまの家にいるあいだ美奈子は時々そう考えたものだった。

「さ、乗りましょう」

寝台車ももう混んでいる。三段になったベッドにはトランクを開いている人、窮屈な姿勢で寝巻に着がえている人で一杯だ。美奈子の寝台番号は一〇〇台だから一番下の寝台である。むかい側のベッドにはまだ、誰もはいっていない。

発車のベルがなる。今頃になって果物籠とトランクとを両手にぶらさげた紳士があわてて乗ってくる。

「お父さまにもお母さまにも、淑子ちゃんにもヨロシクね」

そう言ってプラットホームにおりた叔母さまは雨にぬれた窓のむこうで手をふっている。その窓に顔をおし当てて美奈子は小声で、

(信夫さんにもよろしくね)

しずかに列車が動きだした。沢山の見送人に交って叔母さまは背伸びをするように爪先だって、まだ手をふっていた。やがてその姿が小さくなると雨合羽を着た駅員がホームにたって挙手の礼をしているのが見えた。それから雨の白く光った東京の街を汽車はぬけ出ようとしていた。美奈子は寝台に戻ったが、むかいのベッドにはまだ誰もいなかった。

まだ眠たくないので鞄の中から信夫さんに借りた探偵小説を三冊、とりだして膝の上においた。

「なんだ。アイリッシュの小説まだ読んでいないのか」

あの時の信夫さんの声を美奈子はまだ憶えている。「すごく面白いんだぜ。スピレインやハメットの血なまぐさいものより、ぼくぁこんなしみじみした探偵小説の方が好きだがねえ」

「黒衣の夫人」「幻の女」「死線をこえて」その三冊を手にとっているとふしぎに胸までが疼《うず》くような気がする。信夫さんがこの本にさわったのだナと考えるだけで美奈子はゾクゾクとうれしい。とても読めたものではない。

叔母さまに頂いたキャンディを口に放りこんで、彼女は携帯ラジオに栓をつけた。栓を耳に入れれば周りの人を起さずに聞えるからだ。

もの悲しい声で外国の女が歌っていた。

テレザよ、お前はお嫁にいってしまった……
よろこびも悲しみも愛もなく
テレザよ、お前はお嫁に行ってしまった……

ダイヤルをなにげなく右に廻してみるとアナウンサーの男らしいバスがきこえてきた。

「次のニュース、一昨日、午前八時、サンエー電気株式会社の社長、岩瀬一雄氏の令嬢、紅子ちゃんを登校の途中で誘拐した犯人は当局の厳重な捜査にもかかわらず、まだ発見されません。紅子ちゃんの安否が気づかわれています。なお、紅子ちゃんの服装は赤い毛糸の帽子に……」

窓のむこうには雨ににじんだ銀の青や赤のネオンが点ったり廻ったり消えたりしながらゆっくりと通り過ぎていく。ぬれた車道がまぶしくヘッドライトに光っている。もう当分、銀座も見られない。来年までおあずけだわ。けれども今度の東京はとても楽しかった。来年はお母さまはまた旅行を許して下さるかしら。

一日の疲れが急に出たのか、少し眠くなりはじめた。廊下を白いシャツとステテコ一枚の男がスリッパのまま歩いていく。お下劣だこと。だからあんな大人たちって嫌いだわ。美奈子はカーテンをしめ、トランクから水色のパジャマをそっと引きだして、洋服のボタンをはずしはじめた。

うとうととして……、少し目がさめ……、また、うとうととして……、美奈子は小石のように眠りにおちる。

突然、汽車がガタンとゆれて、びっくりして眼をあけた。何時間眠ったのかしら。横浜だろうか。小田原だろうか。水蒸気で白くくもった窓のむこうにＡＴＡＭＩという横文字がぼんやりと見えた。ホームでだれかが大声をあげている。薄暗い寝台車の中はいつのまにか、ひっそりと静まりかえっていた。

ガラガラと戸があいて廊下を歩いてくる固い靴音がする。この熱海から乗ったお客だろう。

靴音はこちらに近づいて美奈子の寝台のあたりでとまった。

カーテンのすき間から茶色いズボンと茶色い靴とが見える。その横で白い靴下をはいた子供の脚が動いていた。

「さ、上にあがってね」ひくい大人の声が子供に言いきかせている。「おじさんは下に寝るからね、お手洗はいいの」

子供をつれてその人がふたたび廊下に去ったあと、美奈子はなに気なくカーテンを手でもち上げた。床にはその子が落したのであろう、先に丸い房のついた赤い毛糸の帽子が落ちていた。

（あら）拾ってあげようとして体を少しベッドから差しだした時、

（赤い帽子、毛糸の帽子）どこかでその言葉を美奈子は耳にしたような気がした。（赤い帽子、毛糸の帽子）

どこでこの言葉を耳にしたのかしら。キャンディをもう一つ口にほうりこんで美奈子は首をかたむけた時、携帯ラジオを聞いていた時のことを思いだしたのである。アナウンサーが言っていた言葉だわ。「紅子ちゃんの安否が気づかわれています……紅子ちゃんの服装は赤い毛糸の帽子に……」

赤い帽子、毛糸の帽子、それから何だったたっけ。次の言葉が美奈子には思いだせない。そうだ。あたしはその直後、ダイヤルをシャンソンに切り変えてしまったんだもの。

(まさか) 美奈子は鋭い胸の痛みを急に感じながら (まさか、そんなことはないわ。だって赤い毛糸の帽子をかぶっている子供なんて幾らでもいるんですもの) 枕に顔を当ててそう思いこもうとした。でも、やっぱり胸が割れるようにドキドキとする。

靴音がきこえる。さっきの男がまた戻ってきたのだ。あわててカーテンをおろして美奈子は息をこらした。

ブルーのカーテンのむこうで男が子供を上の寝台に寝かせる影がゆれている。それから自分もゆっくりと上衣をぬぎはじめた。どんな顔をしている男かしら。しまったわ。よく見ておくべきだったのに。すき間からそっと覗くと相手はベッドの横についたランプを消したところだった。

腕時計は十一時五十分を指している。窓の外は墨でも流したように真暗である。汽車が速度を落しはじめた。もうすぐ沼津なのである。

(そうだわ。沼津でまだ夕刊が売れ残っているかもしれない) 美奈子は枕もとに転がっているアイリッシュの探偵小説を見おろしながら、急に思いついたのだった。(夕刊にはきっと、この事件のことが載っている筈《はず》だわ。二人の服装のことがもっと詳しく書いてあるかもしれない)

「ぬまづ……ぬまづ……ぬまづ……大阪行、二、三等急行、月光号に御乗車の方は……」

拡声器からくたびれた声がひびいているが流石《さすが》にここからは乗車する客もいない。人影のまばらなホームには赤いカンテラを手にぶらさげて駅員がたっている。機関車の車の間から水蒸気が白く吐きだされる。

「新聞はない？」

大急ぎで洋服に着がえた美奈子はデッキから飛びおりると洗面所のそばにたっている一人の売子に声をかけた。その売子だけがホームでお茶を売っていたからだ。

「え、新聞？」若い売子はくたびれた顔をあげて面倒臭そうに首をふった。「新聞なんか、もう、ありませんや」

「売店は？」

「しまってますよ。真夜中だからね」

発車のベルがかすれた音をたてながらなりはじめた。

「早く乗らなきゃ、動きだしますぜ」

美奈子は氷のように冷たい空気を胸に吸いこんで駅の外の沼津の町を眺めた。寝しずまった家々はここも雨の中で老人のように陰気に押しだまっている。汽車は一ふり、大きな響きをたててゆれるとホームをすべりはじめた。

あわてて飛び乗ったのは寝台車ではなく三等車である。扉をあけると煙草の煙と人いきれと塵の臭いがムウンと鼻についた。両側には疲れた顔がいぎたなく並んでいる。

蜜柑の皮や弁当箱の散乱した通路を少しよろめきながら美奈子は歩いた。出口の扉のところで、左側に足を投げだして寝ていた男の靴下が体にさわった。その足もとに読み捨てた二枚の夕刊が落ちていた。

美奈子はその夕刊を手に持つと、あわてて扉をあけた。洗面所の鏡に少し蒼ざめた自分の顔がうつっている。

――誘拐犯人は変質者か、服装は上下とも茶色の背広――

夕刊の三面を震える手で開いた時、その見出しが美奈子の眼に飛びこんできた。さきほど、カーテンのすき間から見えたあの男のズボンはたしかに茶色だった。

(信夫さあん) 美奈子は思わず従兄の名を心の中で叫んだ。(ミナコ、どうしたら、いいのよ)

赤い毛糸の帽子と茶色いズボン。ほとんど彼にちがいない。でも、どうしてあの男は逃げだす途中で服装を変えなかったのかしら。

そんな疑問がフッと美奈子の頭にうかんだ。犯人なら、きっとラジオにも注意し、新聞も丹念に読んでいる筈だ。自分と子供との服装がすぐ人眼につくぐらい知っている筈だ。ひょっとすると洋服を買う金がなかったのかしら。それとも、そんな暇もないほど早く逃げようとしたのかしら。

いくつかの客車の扉をあけたり、しめたりしながら、やっと寝台車まで戻ろうとした時、一人の若い車掌がゆっくりとこちらに来るところだった。

「あの……」よびとめようとしたが声が出ない。

「あの……」思いきって横を通りすぎようとする彼の上衣を美奈子はつかまえた。

「なにか御用ですか」

「この人が乗ってるんです」右手の夕刊を車掌に差しだすと、

「何です、これぁ」

「子供を連れてるんです。子供の帽子も赤い毛糸なんです」

若い車掌は困ったように美奈子の顔を眺めて、それからうすい笑いを唇にうかべた。

「さあ、遅いんですよ。行って眠るんだね」

「その人だって茶色いズボンをはいているんです」

「熱海から乗った客だろ。君」急に車掌はぞんざいな口調で「あの客なら茶色いズボンじゃないね。今、洗面所にはいったばかりなんだから」

嘲笑するように彼があごを赤鉛筆でなぜた時、むこうの扉をあけて赤い筋のはいった帽子をかぶった老車掌があらわれた。

「どうしたんだね」

「いや。このお嬢さん、夢でも見たらしくて」

「ああ、そんならむこうの二等車に気分のわるくなったお客さんができたからな。佐々木君、あんた行ってくれないか」

二人が姿を消したあと美奈子は顔を強張《こわば》らせてたっていた。夢でも見たんだって。失礼しちゃうわ。いいわ、あたし、自分できっと調べてみせるから。

汽車は鋭い汽笛を二、三度あげた。どの車室も人々も深い眠りに落ちていた。静岡はもう近かった。

ベッドに戻ると、あの男の寝台カーテンが半分ほど開いている。男の姿は見えない。車掌の言った通り、洗面所に行ったのだろう。

(帽子は?)

赤い毛糸の帽子は床にはない。

(帽子をすてにいったんだわ)

胸がくるしいほどドキドキとする。どうしようかしら、誰かを起そうかしら。車室の中には誰かの鼾《いびき》が大きくなったり、小さくなったりしてきこえてくる。

(帽子と一緒に茶色いズボンも外にすてにいったのよ。そうだわ。きっと、そうよ)と美奈子は考えた。(やっぱり、変装するつもりだったのね。着変える場所がなかったから寝台車でみんなが眠るのを待っていたのね)

震える手で彼女が男の寝台のカーテンをそっと持ち上げると、白い毛布の上に先ほど美奈子の見たズボンと全く同じ色をした上衣がおいてあった。赤い毛糸の帽子は見当らない。急いで自分のベッドに体を入れた時、男が廊下から戻ってきた。しばらくの間、寝台と寝台との間の狭い通路にたって何かをしているのである。

隙間から覗こうとして美奈子が体を起した時、足が携帯ラジオにあたって床におちた。カーテンをあける。そのラジオを拾う。男がこちらをふりかえった。病人のようにひどく顔色の悪い青年である。ズボンはいつのまにか安っぽい黒のサージにはきかえている。

(変質者……)

さっき夕刊の三面に出ていた見出しの文字がサッと美奈子の頭をかすめた。

「すみません」あわててそう呟くと彼女はラジオをカーテンの中に入れて、そのまま隙間に顔をあてた。

ながい間、青年は床にしゃがんで片手をベッドの中に入れて何かを探していたが、やがて白い粉のはいった小瓶をとりだした。それから小さな紙の中にその粉を落すと、彼は爪先きで伸び上るように、子供の眠っている上の寝台に顔と手を入れた。白い粉を子供にのませているのだった。

(眠り薬かしら)

でも眠り薬なら何故、もう寝ついている子供に飲ませる必要があろう。まさか毒薬ではないだろうが、男がなにかを企《たくら》んでいることだけは確かだった。子供の身に危険が迫っていることだけは確かだった。

突然、車輪の高い音が窓の外に反響しはじめた。鉄橋を渡る音である。汽車は今、ひろい川を渡っているらしい。

（子供に薬を飲ませて）カーテンを握った美奈子の手に汗がにじんでくる。（デッキから投げ落すのかしら。下は川ですもの。川の水が死体を遠くまで運んでしまうんだし）

だが窓の外の高い音はふたたび、静かな、ゆっくりとした動揺に変った。鉄橋がすぎたのである。

浜松に早く着けばいい。あと、どの位あるんだろう。美奈子はこの二週間前、東京に遊びに来た時のことを思いだした。あの時、浜松から静岡まで……急行で……もう一つ川があった。そうだわ。天龍川だわ。男は天龍川でやるつもりなんだわ。とに角、見張ることだった。じっと見ることだった。

二十分ほどたった時、カーテンのむこうで男の影が動きはじめた。上の寝台に体を入れて、子供をだきかかえているのが、はっきりとわかる。

新聞に書かれていた通り、七、八才の女の子である。紫色のオーバーと白い靴下が男の両腕の間から、のぞいている。顔の色が紙のように真白で、首を仰むけにしてくるしそうに眼をつぶっている。唇のまわりを茶色い血のようなものが汚している。

もう美奈子には青年の心がはっきりとわかってしまった。逃亡に足手まといになるこの子を連れて歩けば人目についてしまう。だから夜汽車から誰にも気づかれぬ時刻をえらんで外に突き落してしまうにちがいない。

足音をしのばせて通路にでた青年は両腕に子供をかかえたまま、デッキの方に歩いていった。その時、汽車はふたたび高い音をたてて天龍川の鉄橋を渡りだしていた。

（みんな起きて下さあいー）

けれども美奈子の咽喉からは声もでなかった。彼女はベッドの上に転がっているラジオに目をやった。

深夜放送がまだ、やっている。汗ですべる手でアンテナを引きだすと彼女はダイヤルを最高音の場所にひねってみた。けたたましいジャズが寝台車いっぱいに突然、なりひびいた。あちこちのカーテンから驚いた人々が飛び起きて怒鳴りはじめた。


「どうしたんです。一体」

むこうの扉をあけて、あの青年が顔をだした。

「どうもこうも、ありませんや」

乗客の一人が寝巻のまま、頭をかきむしって「ラジオを誰かが急にならしはじめやがって。

全く常識はずれですよ」

その時、美奈子を連れて先ほどの老車掌が青年にちかづいてきた。

「この女学生があなたのことを新聞に出ている誘拐犯人だと言うんでねえ」

「ぼくが？　ぼくがですか」

青年ははじめキョトンとしていたが、急に声をあげて笑った。

「お連れのお嬢さんに眠り薬を飲ませたと言っているんですよ」

「ああ、姪のことですか。洗面所にいますよ。汽車に弱いんでね。さっきから吐かせ続けなんです。薬？　勿論、汽車酔いの薬ですがね」

「あなたは茶色いズボンを外にすてられたそうですが」

「ええ、姪が吐いたおかげで、すっかり台なしになったもんだから。困ってねえ。いいんです。もう随分、古くてすりきれたズボンでしたから」

黒い十字架

――カトリック教会は信者の自殺を禁じております。カトリック教会の司祭は一生、独身であるべく求められています。――

十二月五日

いつものことながら、私は毎朝、ミサにでかける道のりよりも、帰る道の方が、はるかに、長く、長く、感ぜられる。今朝も教会をでた時、体はひどく冷えこんでいた。キミコが自分のスエータをほどいて作ってくれた襟巻《えりまき》に顔をうずめながら、私は一週間前にふった凍《し》み雪が闇のなかで銀色に光っている路《みち》をおりていった。まだ町はねしずまり、ひっそりとしていた。仁川《にがわ》橋まで来た時、六甲山から吹きおろす氷のような風が、物凄い勢いで顔にあたってきた。心臓の弱い私は顔を手で覆ったまま、しばらく石の手すりにもたれていなければならなかった。その時も……

その時もまた、私はつぶった眼の奥で、自分の死んだ時の顔をハッキリと見たのだ。それは地獄にいく者の死相であった。

司祭であった頃、私はたびたび臨終の場にたちあった。なくなった堂木さん、斉藤夫人、それから私があの頃「小さき花のテレジャ」といって、だれよりも可愛がった鮎子ちゃん。彼等に終油の秘蹟をあたえたのは、この私である。あの人たちが、魂を天主に委ねた後の顔は、眉のあたりに、ほのかに暗い海のように、この地上のくるしみの翳を漂わせているだけで、もはや私たちの触れることもできぬ安息の静かさに包まれていた。

だが私のは違う。まぶたに浮んだ私の死相は、あの基督《キリスト》を裏切り、みずから首くくったユダの顔だったのだ。それは……

……もうよそう。このノートをキミコがみつける場合を考えて、私は今日から、これを手提金庫の中に、あのブロウニングのピストルと一緒に入れることにした。

台所で今キミコが夜の食事の支度をしている。私は、五年前、私がユダのごとく自殺するために買ったこの物体を、しばらくの間見つめていた。窓から斜におちる冬の黄昏の光に、それは重たげに、にぶく光っていた。銃口がそこだけ、老人のうつろな、くぼんだ眼窠《がんか》のように凹んでいる。五年前のあの降りやまぬ日本の梅雨の日々に、私とキミコとは雨の音を窓の外にききながら、恐ろしい情欲の業にとり憑かれた。営みが終り、キミコを帰してから私は、湿ったベッドに伏せながら、この凹みを顳顬《こめかみ》にいくたびも押しあてた。指は震え、まがらなかった。死ねなかった。

まだ、私は生きつづけている。友人のブロウ神父のひそかな援助で、信者たちの眼をかくれながら、まるで生ける屍のように……

十二月八日
「若《も》し、汝の手、汝を躓《つまず》かさば、之《これ》を切れ。不具《かたわ》にて生命に入るは、両手ありて地獄の滅《た》えざる火に往くよりは汝に取りて勝れり」

仏蘭西《フランス》の司祭であった自分が、布教の土地で日本の女を犯したこの不倫、冒瀆の大罪。それはすぐにこの宝塚のほとりの小さな町に拡まったのだ。数人の信者たちは、そのために教会から離れ、私は追放された。罪はただ、私のみにはとどまらなかった。主が私に托された羊の群を、私は怠惰からではなく、裏切りによって、曠野《こうや》と森とのなかに見捨てたのである。

「我を信ずる此小き者の一人を躓す人は、驢馬《ろば》の挽く碾臼《ひきうす》を頸に懸けられて海に投入れらること、寧《むし》ろ彼にとりて勝れり」

私は知っている。ブロウ神父がいかに私を慰めようと、私はやがて地獄の滅えざる火に往くだろう。

主よ。私はもうあなたがわからなくなった。私の人生をこのように弄《もてあそ》び、破壊して、あなたはなぜよろこばれるのだ。今こそ私には、あなたがあの最後の晩餐の日、ユダに「往きて汝の好むことをなせ」と追われた時の冷酷な表情をはっきりと摑めるような気がする。ユダも、もし、あなたの弟子であったならば、そしてまた、その救いのためにあなたが十字架を背おい、鞭うたれ、死なねばならなかった人間の一人であったならば、あなたは、なぜ、彼を見捨てられたのです。

「ユダ。私はお前のためにも手をさしのべている。すべて許されぬ罪とは、私にはないのだから。なぜなら、私は無限の愛なのだから」

あなたは決してそう言わなかった。聖書にはただ、恐ろしいこのあなたの言葉がしるされてあるだけなのです。

「生れざりしならば、寧《むし》ろ彼に取りて善《よ》かりしものを」

生れざりしならば。ユダとともに私は、心の底からそれを思う。そしてふたたび生れることが不可能な今、私が自殺をすることとさえ、あなたは許されない……

十二月九日

ミサのあと、私は教会の扉のかげに身をひそめて、信者たちが、私に気づかずに立ち去るのを待っていた。平日の朝のミサ、冬になってからはめっきり、祈りに来る者も少くなったが、それでも常連の石田さん、伝道婦兼聖母幼稚園の保母のアヤ子さん、島村夫人、石井夫人、むかし私が洗礼を与えたこれら信者たちは小声で話しあいながら、しばらくの間、教会の前にたっていた。あの人たちは勿論、私がここにいたことを気づいていたらしい。なぜなら、彼等はあきらかに私を見ないふりをしていたからだ。

「西宮の憲兵が昨日の午後も教会に来たんですよ」モンペの上に黒いスエータをきたアヤ子さんは、縁《ふち》のない眼鏡ごしに私の方をチラッと眺め、それから、しらけた顔で眼をそらし、石田さんに言った。「あたしの所にまいりましてね。お前たち、クリスチャンは陛下を信ずるのか、西洋人の神に仕えるのかと、それはイヤミを言うんでございます。とに角、この教会には二人の西洋人がいる。お前たちもクリスチャンと言いながら、何をしているか、わかったものじゃないって」

「なにをしているかて？　あんた。まさか憲兵は信者が非国民だって言うてるんやないやろな。だから、あたしは、この際、信者たちが戦没将士のためのミサをたてるべきやと繰りかえしてるんです」石田さんは下駄で足ぶみしながら怒ったようにそう言った。

「そうじゃ、ないんです。石田さん。憲兵のいう意味はね」アヤ子さんは口を噤み、ふたたび、私を横眼で見て、島村夫人と石田さんの耳もとに体をすりよせて言った。「あの破廉恥な……」

眼をつむって私はキミコの名をよびつづけた。三十歳だというのに、買いだしと内職とで、もう老婆のように背のまがったキミコ。神に頼れなくなった今の私には、たとえ、あの女が私と地獄へ落ちる道づれだとしても離れることはできないのだ。

（あの夜、ピストルのつめたい銃口を額に感じたとき、恐ろしいほどしずまりかえった部屋のなかで、突然、私ではない、別の力が必死で私の腕を抑えようとしているのを感じた。《およし、およし、およし、お前はとも角、あのキミコはどうなるのだ。死ぬのはいつでも死ねる。しかしそれは……》そして私は卑怯にも、その誘惑の声にまけてしまった）

話をおわったあの人たちがちりぢりに帰ったあと、空は昨日とおなじように古綿色に曇り、雪でもふりそうな天気だった。私の心臓はまた、非常に痛みはじめた。

だが、私はそこに獣のようにうずくまり、しばらくの間、ジッとしていた。なぜなら、今日は私が仏蘭西からこの日本の逆瀬《さかせ》の教会に赴任してきてから十二年目にあたる日だったからである。

……あの昭和八年頃、私が一生を伝道に捧げようと決心してきたこの逆瀬の町は、まだ阪急電鉄が、阪神郊外の新興住宅地として、土地を分譲しはじめたばかりだった。駅前に一軒の雑貨屋兼煙草屋と、それから住宅会社の出張事務所があるぐらいなものだった。このような鐘塔をもった教会も、今、ブロウ神父が住んでいる司祭館もなかった。内陣に飾ってある銀の聖燭台も、聖ヨゼフ像も、みな、私が司教の許可をえて、故郷のリヨン市から取り寄せたのである。借りた三間の農家が、私にとって聖堂となり、百姓の子供に公教要理を教える幼稚園となり、そして司祭館ともなったのだ。

その家の跡は、今、丁度、この教会の出口、私のうずくまっている場所あたりになる。

寒さに凍えた指先で、私はその地面を子供のようにさわっていた。突然、私の眼に悔いとも恨みともつかぬ泪が溢れてきた……

顔をあげた時、ブロウが黒い司祭服の両袖に手を入れたまま、実にくるしそうな面持で私を見おろしていた。彼は今日が私にとってどんな日だか、わかっていたのだ。

「ピエール、体がひえるじゃないですか。私の部屋であたたかい茶を飲んで帰ってください。それに渡すものがあるし」

彼はやさしく、私の肩を押して司祭館につれていった。

例のもの、この十年間、ブロウがひそかに（彼は司教様から托されているのだと言っていたが、私にはそれがウソだとわかっていた）くれる百円札を私は今日もうけとった。私はこの貴重な金は、ブロウが自分のプライベートな貯金のなかから、さいてくれることを知っている。だがほかにどうしようもない。もらわなければキミコと私とは一片のパンさえ買うことができないのだ。

「日本の憲兵が来たそうだね」

私ははずかしさをかくすため、彼をくるしめないために、その話題をえらんだ。

「おう！」一寸《ちょっと》舌打ちをして、ブロウは紅茶をかきまわし考えこんだ。むかし神学校で私の二年下の後輩であったこの男も年をとった。まだ五十にはならないのに鬢《びん》のあたりに白いものが見え、落ちくぼんだ眼のまわりには暗い隅影さえできていた。「小林《おばやし》の聖心女子学院にも、彼等はなんども来ていますよ。英人の修道女たちは、一昨日、電話をかけましたら、高槻の憲兵隊に連行されて、どこかへ送られるらしい」

「仏人で連れられたものは？」

私は怯えた声でその問を口にだした。咎めるような眼差しで、ブロウは私をチラッと眺めた。

「イヤ。なんだね」私は眼をふせ、あわてて弁解した。「なにしろ、仏印の方だって、何時《いつ》、事変が起るかもしれないからな。今のところは、日本軍と仏印総督とは手を握ってはいるが、ドゴールの方から反乱の指令がひそかに来ているという噂もあるし」

「安心なさい。あなたは大丈夫ですよ。国籍は日本にしてあるんだから」

たち上って部屋の戸口に私を送りだした彼の眼には、たしかに私の臆病さ、卑怯さにたいする軽蔑の光が見えた。

帰り道、私は仁川橋の欄干で四日前と同じように、手で顔を覆いながら、自分の行末のことを思った。さきほど、私がブロウ神父に言った言葉は、決して卑怯なためだけではなかった。私にはキミコがいる。もし日本の警察か憲兵かに拉致された場合、彼女はどう生きていくだろう。私がブロウのように一人だったならば……そこまで考えた時、私は自分が、ふたたび、いかに偽善者であるかを感じた。すべての悪の種はこの私にある。十年前でさえ、私は一人でいることができなかった。悪魔は、キミコと司祭の私とを姦淫、情欲、冒瀆の大罪に堕すために、憐憫《ピチエ》とよぶ感情を利用したのだった……

十二月十日

昨夜、書き終った最後の句「憐憫」という言葉を私は一日中、考えつづけた。キミコは宝塚の奥の三毛村に米や野菜をわける農家があるといって買いだしに出かけた。勿論、それをあがなう金は、昨日ブロウが渡してくれた百円札である。

キミコのいない家のなかで、私はわびしい昼の食事をすませ、縁側に椅子をもちだして日が暮れるまで黝《くろず》んだ凍《し》み雪が垣根のところだけ残っている淋しい内庭をながめていた。

(あの時、私は本当に憐憫だけでキミコにちかづいたのだろうか)

あれは昭和十二年の九月十一日だった。御影《みかげ》の教会に、雨をおかして、デュラン神父をたずねていったのを今でも覚えている。夜になり、帰ろうとすると、夕暮から降りだしていた雨が土砂降りになり、ラジオはさかんに暴風雨をつげていた。逆瀬の教会がすこし心配になったので、私は連絡をとろうとしたが、その時はもう、電話は切れ、電車も悉《ことごと》く動かなかった。仕方なく私はデュラン師の教会に泊った。

夜になり、雨と風とはますます烈しくなった。灯はもちろん消えた。窓から見ると教会の周囲を濁流が渦まいている。私は神父と伝道師の老夫妻と一室にかたまり、万一の場合にそなえた。

翌朝も雨はやまなかった。濁流は路という路にうずまいていたが、附近の住宅はみなそのままなので、私たちは大したことはなかったのだろうと話しあった。私たちも日本に来て五、六年、秋の台風には馴れていたのである。

だから昼すぎ、空が晴れると、私は引きとめるデュラン神父に別れをつげて、靴をぬいだまま、少し引いた黄濁した水のなかを陽気な気持で帰りはじめたのだ。だが、阪神電車はまだ、動いてはいなかった。のみならず、掲示板には、開通の見こみ、全くなしと書かれてあった。

「知らないのですか、電車どころの騒ぎではありません」

駅員は怒ったように私に怒鳴りつけた。はじめて私は真相がわかったのだ。住吉はまだしも魚崎から芦屋にかけて、家々のおおむねは六甲山から流れた砂土に埋り、濁流にのまれた死傷者の数は計り知れないと駅員は説明した。

「あの山をごらんなさい。あの山を」

半信半疑だった私は駅員の指さす六甲山をながめた。既に晴れあがった真青な秋空のなかに六甲山の群山は――片側だけ一木一草もないと言ってよいほど、血のような色の地面を露出していた。

「みな押し流されたんですよ。みな、こっちに流れてきたんですよ」

私はズボンをまくしあげ裸足のまま歩きだした。魚崎村にちかづくにつれ、私は幾度もたちどまり、ただ、真黄色な水に埋った家の屋根、電信柱の先、それから、そこは水がもうひいてはいるが、ただ褐色の泥の拡がりにすぎない田や畠を見た。これが十二年の関西の風水害だった。

私がキミコに会ったのは、あれから二日後である。あのあたりに住んでいる日本人の信者を見舞うため、私はその日、芦屋から魚崎をふたたび歩きまわった。

芦屋川と住吉川のほとりは、被害はことにひどかった。家々は上流から押しだされた砂土に全く埋っていた。太い大木の幹や巨大な岩石までがその上におり重なり、それを取除くため、カーキ色のズボンをはいて半裸体となった日本の中学生たちがロープを引っぱって働いていた。

暑い陽《ひ》にさらされた砂の間から、着物の片はしだの、古靴だの、時には人形までのぞいていた。

茫然と気のぬけたような顔をして、むかしの自分の家の部分に腰をおろしている老人もいた。それだのに、あたりの空気をもっと悲しく感じさせるものは、彼の背中の上でしきりに鳴く蟬の声だった。

キミコも、その老人と同じように、石の上に腰かけながら、空虚な眼で、私の顔をぼんやりと見ていた。私は道をきいたが、彼女はかすかに首をふるだけで返事をする力もないらしかった。

「たべるものがないのですか」私はそばによった。「病気ですか」

これがキミコだった。彼女は三日前の水害の夜、一挙に両親と妹とを失ったのだ。ミシンにつかまって流された彼女だけが助かった。

私は彼女に頼るべき親類はないのかと言った。キミコはまた、かすかに首をふった。

「お金は」

それもなかった。町役場のつくった罹災者のバラックに住んでいるということだった。私はわずかな金と逆瀬の教会の住所とを与え、もし、どうしても困ったら、たずねるように言った。

十二月十一日
昨日、キミコとの出会いを書いていた時、私の筆は中断されねばならなかった。七時ごろ、キミコがまだ帰らないので、不安になった私は、阪急電車の逆瀬の駅までむかえにいこうとした。
家の鍵をしめ、表にでた時、私は、電柱のかげに一人の丸坊主の頭をした男がかくれているのに気がついた。私は懐中電灯を彼の方にかざした。
黒い太い眼鏡をかけ、口髭《くちひげ》をはやしたその男は、顔をそむけ、足早にたち去った。私は家にもどり、玄関に腰をかけてじっとしていた。

八時ごろキミコがかえった。疲れ果てた彼女は、石のように固いリュックサックを、台所に投げだすと、口もきかず、うずくまっていた。

「あやしい人、会いませんでしたか」と私はたずねた。「いいえ」と彼女はあの日のようにうつろな眼で私をながめ、かすかに首をふった。突然、私は、あの男が、アヤ子さんの話していた憲兵ではないのかという考えがうかんだ。私の弱った心臓はその時、はげしい痛みを感じた。

六十ワットのまずしい電灯の下で、キミコは足をかかえたまま、うつろな眼で畳の一点をながめていた。私は彼女の体がそのまま凍り、永遠に動かなくなったのではないかと思った。どうしても捕まってはならない。キミコもまた私ゆえに永遠の刑罰にあうならば、せめて、この地上だけでは、一人の男の愛、それがよし、ともに神に背いた共犯者の、裏切者どうしの愛であっても、彼女はそれを要求する権利があるはずだ。

私は部屋に帰り、キミコに気づかれぬように手提金庫をあけた。このノートと一緒にしまったブロウニングのピストルを私は上衣の内かくしに入れた。どこにこれを隠すべきかを私は考えた。保管をたのむべき一人の日本人の友だちも、信者も、この追放された旧司祭にはいなかった。ただ一人、あのブロウを除いてはいなかった。

秋のカテドラル

十月二十八日、私は小さな鞄をさげて中仏のブルジェに着いた。霧のような細かい雨がこの黝《くろず》んだ古い街を濡らしていた。駅前の広場も通りも人影はまばらで、葉の落ちた瘤だらけの橡《とちのき》の並木が寒さに震えていた。

どこに泊る当てもない私はレインコートの襟《えり》をたてたまま、しばらく街を歩きまわった。それから街のはずれに出て入口に絵葉書や煙草を売り、壁にはサンザノ酒の広告文字を入れた大きな鏡をはめこんでいるキャフェにはいった。バーテン台では亭主が一人、せっせとコップを磨いていたが東洋人の私を見ると驚いたように手を動かすのをやめた。客のいない卓子の上にうずくまっていた一匹の猫が私の靴音に驚いて床にとびおりると素早く姿を消してしまった。

「カノンをくれないかね」私はまだぼんやりとこちらを窺っている亭主に声をかけた。

「いや、白葡萄酒がいい。白葡萄酒をください」

運んできた酒を卓子におくと亭主はなにか愛想を言おうとして前掛の下で掌をこすっていたが、

「支那の方かね」

「いや、日本人です」と私は答えた。

しばらく困ったように亭主は口の中でなにかを呟いていた。この男は今まで日本人を見たこともなく日本人と何を話してよいのかわからないらしかった。

「あたしはムッシュウが」やっと彼は言葉を探し当てたらしく、「この街の大教会《カテドラル》を見物に来られたと思いますな」

「そんなものです」面倒臭そうに私は肯いた。

「ここの教会は有名ですぜ。色々な国の人が見物にやってくる」

私はそばの椅子に腰をおろし盃を膝の上においたまま話しかけてくるこの人の善《よ》さそうな男が少しうるさくなってくる。そう――そういえばこのブルジェはシャルトルの大伽藍と並び称される中世の大きな教会がある所だった。私はずっと昔、知りあいの仏蘭西《フランス》人画家からこの教会の素晴らしい色硝子《ヴィトロオ》について講釈をきかされたことがある。

だが――だが今朝思いたって私が目当もなく汽車にのり、たった今、ブルジェで下車したのもそのカテドラルを見物するためではなかった。有名な色硝子を眺めるためでもなかった。私はただ何処かひっそりとした田舎町で二、三日でもいい、芯までくたびれた手足も心も少し休めたいのだ。

雨に濡れた窓硝子の向うをナッパ服を着た一人の労働者がたちどまり、一杯やろうかどうか考えている姿が見える。やがて彼は諦めたらしく、また歩道を去っていった。

「宿屋はもうきめているのかね」

「えっ?」

「寝る所……泊る所」亭主は組みあわせた両手を枕にして眠るまねをした。「ホテルは見つけたかね」

私が首をふると、彼は自分の姉の経営している旅館をしつこく奨めはじめた。清潔だし、安いし、そう此処からも遠くないし、異国人の旅客には馴れているから心配することはない。何なら電話をかけておこうか……

「いや、少し街を歩いてから考えてみます」私は勘定を卓子の上においてたちあがった。

「ひょっとしたらそこに泊めてもらうかもしれないが」

鞄をもってまた霧雨の中を出た。風が吹くと身震いをした歩道の橡の梢《こずえ》から水滴が私の首にふりそそいでくる。駅の方には店々の灯がけぶっていたが私はそちらには行く気にはなれなかった。工場なのであろう、長い灰色の壁のつづく坂路《さかみち》を私は一人でぶらぶらと歩きだした。自転車に乗った若い娘が私をふしぎそうに振りかえり、振りかえり追い越していく。

できることなら私はホテルではなく、小さくてもいい、火の燃える暖炉があり、その暖炉の上に置時計があり、その置時計が、私が起きている間ゆっくり時を刻んでくれる――そんな部屋に泊りたかった。何年の間、私は見知らぬ国の見知らぬ小さな町でそんな風にじっと坐っていることを夢想しつづけたか。だが旅人の勝手な夢をみたしてくれる家は見つかりそうもないのだ。

ふたたび私は道を逆戻りして、駅にちかい旅館に泊ることにした。耳の遠い爺さんが受付に一人坐っていたが、部屋鍵をぶらさげて二階の奥の暗いわびしい部屋に案内した。寒々とした壁とベッドとそれから水を入れた壺しかない部屋である。

窓の向うには雨にぬれた倉庫の屋根が光っていた。その倉庫のかげを赤い火の粉を吐きながら貨物列車を引く機関車が通りすぎていく。火の粉を見ているとなぜか私は昨日までいたリヨンの下宿のことを思いだす。あの下宿からはリヨン新聞社の電光ニュースがよく見えた。今夜もまた、それはさまざまのヨーロッパのニュースを告げているにちがいない。チェッコでは共産党の幹部が処刑され、ハンガリイではミンゼンチイ司教が牢獄で苦しんでいる。毎日、毎日、私はそうしたニュースを眼にしたものだった。辻では新聞売子が工場のストライキを知らせ、ベルクール街の歩道を一日の仕事でくたびれた人々が帰宅を急ぐ今頃。映画館の前ではフェルナンデルの喜劇を見るために若い男女が辛抱づよく並んでいるだろう。私はなんのために仏蘭西に来たのだろう。そして今更なんのためにこんなブルジェの町などを訪れたのだろう。

翌日も雨だった。旅の疲れが出たのか、それとも湿った雨にあたりすぎたのか、気分が悪く心は更に重かった。一日中、下に食事におりる以外は私は部屋に閉じこもっていた。

「大教会は見なさったかね」

受付の老人は私を見ると、あのキャフェの亭主と同じようにこの街の大教会の見物を奨めた。私がまだ見ていないと首をふると、彼はひどく自尊心を傷つけられたように黙りこんでしまった……

二日目の夕暮、やっと雨があがった。空はまだ古綿色の雲が覆っていたが、それでも所々の割目から、まぶたにかすかに重いほどの夕暮の光が洩れてくる。私はレインコートをひっかけて外に出た。

灰色の巨大な獣のようにカテドラルは街のはずれにそびえていた。近づくにつれてその建物にはさまざまの時代の手が加えられているのが感じられた。一見、ゴシック風の鐘塔や建物のところどころにお碗のようなローマ風の屋根が残っているのだ。この教会が完成したのは十四世紀ごろだと、昔、本で読んだことがあったが、やはり古いローマ教会がその前に建てられていたのであろう。

仏蘭西に来てこういう中世からの大教会を見るごとにいつからか私の心はひどく重くなってくるようになった。何世紀も何世紀も雨にうたれ風に曝されながら今日まで揺るぎなく残っているこの巨大な家。しかも、そこには各時代のさまざまな人間たちの手の痕と鑿《のみ》の跡とが残っているのを私は発見したのだった。ある部分は中世のもの。ある部分はルネッサンスのもの、ある部分はそれ以後のもの。既に死にはて、消え去ったこれら無数の手は、一体、何をつけ加えようとしたのか。いや、そうではない。私の心が憂鬱になるのは、彼等がこうして時代の中で守るべき、支えるべきカテドラルを持っていたことなのである。あるべき場所に根をおろし、幾世紀もの間きびしく町を俯瞰しているこのカテドラルを彼等が持っていたことである。たとえ人々がそれに拮抗しようとした時があったにせよ、この大伽藍はびくともしなかった。そう、びくともしなかったのである。だが——私の国にはこれほど牢固としたものはない。そのような支柱はいつの間にか炎上し、崩壊し、消滅し、私たちに残っているのはただ回顧だけなのである。今日リヨンの街で疲れ果てた足どりで、家路に急ぐ人々もフェルナンデルの喜劇映画を見ている青年たちも彼等はその気になればこのカテドラルに戻ることはできる。だが異国の旅人である私はただ見物し、そして明日になれば去っていくことしかできないのだ。

突然、たかい嗄れた声が耳についた。幾十羽の鳥《からす》が鉛色の空を高く舞いながら餌物でも探すように円を描き、それから、翼をそろえると一斉にカテドラルの屋根をかすめ、はるかな鐘楼の尖塔の一角に姿を消してしまった。先ほどから幾重もの屋根に白い汚点がついているのに私は気がついたが、それは鳥の糞らしかった。広い敷地には人影はほとんど見えず、ただ一人の若い眼鏡をかけた神学生が両手をうしろに組みながら、鳥の消え去った尖塔をぼんやりと見あげていた。

「沢山の鳥ですねえ」

通りすぎようとする私に彼は愛想よく話しかけた。

「こんな大きなカテドラルになると鳩のかわりに鳥が住んでいるんですね」と彼はひとりごとのように呟いた。「もう内部を御覧になりましたか」

私が首をふると、彼は嬉しそうに微笑して、

「それなら都合がいいです。ぼくもたった今、ここに来たばかりなんです。今朝、巴里《パリ》をたちました。あなたもきっと巴里に留学されている方だと思いますが」

この神学生は巴里の公教大神学校の学生だった。私は一人でいる気持をあまり乱されたくはなかったのだが、彼の人なつこそうな微笑は私にその申し出を承諾させた。


長い間、私はひろい内陣の一角にたっていた。祈禱席でしばらく跪いて祈っていた彼も私のそばに寄ってきた。午後の影がすっかり包みはじめた内陣には祭壇の聖体ランプの赤い灯と、隅にある蠟燭の火影のほかは灯らしい灯は点っていなかった。暗がりの中で二、三人の信者らしい人影が身うごきもせず念珠《コンタツ》をくっている。

私はたかい窓から落ちる微光の下にたちどまってゆっくりと瑠璃《るり》のようにきらめく円窓やあるいは石畳の床に金色の長い光を落す色硝子を見つめていた。眼がなれるにしたがい、そ

れらの色硝子は聖書のさまざまな一場面を描いたものであることが私にもわかってきた。そのあるものは最後の審判であり、あるものはゲッセマニアの園の苦しげな基督《キリスト》の顔であり、あるものはあの放蕩息子の疲れ果てた姿だった。どの顔も素朴な表情であるにかかわらず、じっと見つめていると眼も唇も髭《ひげ》もこの夕暮の静けさの中でそのまま息づき、今にも何かをしゃべりだすかと思われるほど生き生きとしていた。そして一枚一枚の硝子を縁《ふち》どる黒い焼き線が巧みにかさなり合い、組みあってそれらの表情を形づくっているのである。(この色硝子の線は何処かで見たことがある)と私は考えた。そしてそれがあのルオーの絵であることに気がつくまでにはそんなに暇がかからなかった。ゆっくりと私は内陣を歩きまわり、各時代の色硝子を比べてみたが結局はこの中世の場所に足が戻ってくるのだった(ルネッサンス以後の色硝子のみじめさを私はその時はじめて知ったのだ)。

誰がこのような色彩や線をつくったのだろう。六色の色を基本にして誰がこのヴィヴィッドな色彩を硝子につけたのだろう。にもかかわらず、制作者の名前は見つからなかった。そのかわり私はこれらの色硝子を奉献した組合の名がそこに書きこまれているのに気がついた。

「みんな組合の奉献ですな。粉屋組合、皮革組合か……」

「中世の社会では職人の組合《ギルド》が単位になっていたんです。御存知でしょうが」神学生は小学生にでも教えるように得意になって私に、「そんな組合が奉納したんです」

「いやね、僕のききたいのは――奉納の組合はわかったが制作した工匠や画匠の名が書きこまれていないことだ」

私のその質問に神学生は急いでポケットから案内書をとりだして頁をめくりはじめた。

「ふしぎだな」彼は首をかしげた。「このパンフレットには何も書いていませんよ」

私もかたわらからその小冊子をのぞきこんだ。本当に奉献組合の名は書かれていたが、制作者である工匠や画家の氏名には一言もふれていなかった。

そんな馬鹿な話はない。これだけの素晴らしい美術品を作れた男である。彼は当然、当時の人々にとっては師《メートル》であり、その技術は誰からも賞讃されていたにちがいない。たとえその名がこの作品にしるされていなくても、誰が作ったかぐらいはわかっていなければならぬ。

夕暮が次第に近づくにつれて色硝子の色は微妙にうるみはじめた。黄昏の光の中で基督の顔は益々かなしげに、放蕩息子の眼は益々大きく見ひらかれていった。制作者はさしこむ光の強弱と硝子の色彩との戯れや調和を細かに計算していたのである。その制作者の名を私たちが知らないとは……

「きいてみましょうか」

「誰に」

「このカテドラルにいる司祭の誰かにたずねればきっとわかると思います」

私たちは内陣を出た。雨のあがった空の一角が割れてそこから金色の雲が見えていた。

樹々が身ぶるいをするたびに雨滴の落ちる音が遠くで響き、鐘塔の上でさきほどの鳥たちが嗄れた声でないていた。

ひっそりした司祭館の呼鈴を幾度か押したが、誰もあらわれなかった。神学生が裏口にまわっている間、私はうしろをふりかえり、たった今、我々のいた大教会をもう一度、見あげた。鉛色の空に高く、高く教会の鐘塔は伸び、その遠い先端が風の中でかすかに震えているようである。永遠への志向——という言葉がふいに私の唇にうかんだ。この建物の秩序がもし地上の秩序とよばれるならば、地上の秩序は黄昏の空にむけて手を差しのべているのである。それがこの塔であり鐘楼なのだ。私はほとんど交響楽に似たものを耳にきいたように思った。

一人の神父が自転車に乗ってゆっくりとこちらに近づいてきた。彼のスータンは雨あがりの泥で幾分よごれていた。

「なにか御用ですか」彼は私たちをみとめると自転車からおりてたずねた。

「私たちは……いや、この東洋の人があの色硝子の制作者が誰か知りたがっていられるんです」神学生は困ったように指で額の汗をぬぐった。「僕にはよく説明してあげられないんで……」

神父はしばらくの間、私の顔を黙って眺めていたが「美術の研究をしていられる方ですか?」とたずねた。

「とんでもない」私は苦笑した。「ただ、あんまりあの色硝子が素晴らしいので——それを昔、作った人の名を知りたかったまでです」

「謎なのです」神父はポツンと答えた。

「えっ」

「一寸《ちよつと》待って下さい。自転車をそこにおいてきますから」

そう言うと神父は自転車を雨にぬれた楡《にれ》の木にたてかけた。それから煙草に火をつけると、うまそうに一服すって話しはじめた。

「残念ですが、私にもその名前がわからない。私だけでなく誰にも知られていない。ただこの色硝子を制作した男は同じ頃、シャルトルにも出かけ、あの有名なステンドグラスを作りあげたと聞いています」

「なぜ、自分の名をそこに彫りこまなかったのでしょうか」

「わざと書かなかったのだそうです。教会ができあがった時、彼は人々にこう言ったそうです。『パン屋が自分の作ったパンに名を彫りこむだろうか。俺だけがこれを創ったのではない。俺たちみんながこれを創ったのだ』」

神父に礼を言って別れたあと、私は神学生と別れてもう一度、教会の内陣にはいった。黄昏はまさに夜に変ろうとして色硝子の基督の顔からも放蕩息子の眼からもその最後の光は消えかかっていた。彼等の表情は既に蒼ざめていたが私はその下にたちどまり、これを作った男が言った言葉を思いだした。「俺だけがこれを創ったのではない」

俺だけがこれを創ったのではない。それはこの色硝子を生んだのは粉屋の組合であり、皮屋の組合であり、それらの組合のすべての人間が信じている信仰だったという意味なのか。たしかにこの工匠は彼等から孤独である必要はなかった。近代の芸術家が作品をうみだすために必要だと信じているあの孤独や苦悩のかわりに、彼は連帯と悦びの中から筆をとり、硝子を焼き、色彩をつけたのである。

「俺は俺もみなも一様に信じているものをここに描いただけだ」

私は闇の中で彼の声をきいているような気がした。

「なぜ、俺の名を知る必要があるのだ。俺は一人ではない。皆と同じだったのだ。皆と同じ人生と道徳と信仰に生きていたのだ。俺はただそれらを最も美しく描けばよかったのだ……」

なぜか知らないがその時、私の心には三日前までいたリヨンの夕暮の風景が一つ一つ甦ってきた。ベルクール街の歩道を一日の仕事でくたびれた人々が帰宅を急ぎ、辻では新聞売子が工場のストライキを知らせ、新聞社のニュースがチェッコ裁判を知らせている。すべてが見失われ、人々が争ってあたらしい人生と道徳とを探さねばならぬ時——いち早くそれを見つけた芸術家たちは自分の名を作品にかきつけるのだ、まさに土地の発見者がそこに己が占有権を誇示するように……

デニーズ嬢

その冬、ぼくは仏蘭西《フランス》のリヨンという街の小さな下宿部屋に住んでいました。リヨンの冬は暗く長い。一日中、街は灰色の靄《もや》につつまれ、夕暮になると、きまって湿った霧が路地や黝《くろず》んだ家々の間を這いまわるのです。そのせいか、ぼくは妙に体の疲れをおぼえ、ただ下宿の寝台に転がって毎日、毎日を送っていました。

ちょうど朝鮮事変のはじまった年です。寝台の横の窓から歩道を見ていても、通りすぎる人々の暗い表情やおびえたような空気は感ぜられました。大声で朝鮮事変の戦況を知らせる新聞売子の声が暮れ方になるときまって聞えるのです。下宿の門番夫婦も疎開の行先を真剣に話しあっていました。

ある日、医者が来て体をみてくれました。

「ひどく疲労してるな。レントゲンもかけねばならんが兎に角、田舎にでも行くんだ」

その仏蘭西人の医師は事務的に処方箋を書き聴診器を鞄にまるめしまうと、固い靴音をたて帰っていきました。

田舎といっても日本人のぼくには何処に行くあてもない。ホテルや宿屋に長く泊る金ももとよりない。眼をつむって夕闇が頬を浸してくるのを感じながらぼんやり寝ころんでいるより仕方ありません。

みなさんもきっと御存知でしょうが、どうにもならぬ時は傷ついた動物のようにじっとウズくまっていることをぼくは異国の街に来てからいつか覚えました。つむった眼の奥で東京の何処かの町角のこと、うすら陽《び》が当っていた小さな路《みち》、チンドン屋の音楽、そんなものがとりとめもなく浮んできます。突然、半年前にリヨン大学の級友が自分は、ムユラという田舎に別荘をもっている、一度、遊びに来いと言って住所を知らせてくれたことを思いだしました。相手は一寸《ちょっと》した憐憫の情に駆られて言ったのでしょうか、そういう根もない誘いにも今はすがるより仕方がないようでした。

一晩中、迷った揚句、その男に手紙を書きました。四日目、彼からではなく、その妹から、「兄は今、旅行中であること、自分は今友だちとこの村に来ているが、それでも差支《さしつか》えなければお待ちしている」という美しい字の返事が送られてきました。

ムユラはリヨンから南に、古い汽車とバスとで五時間もゆられた揚句たどりつく田舎村でした。こんな所でも夏は避暑地ともなるのか、村を囲む丘や森の中にはクリーム色の小さな別荘が点在していたのですが、それらも今は蕭条《しょうじょう》とした山を背後につめたく戸や窓を閉じて震えていました。

ぼくがその妹デニーズに会ったのはムユラについた最初の夕食の時でした。つめたい石壁にかこまれた食堂に彼女は洒落れた服装の一人の青年をしたがえておりてきました。

食事の間、彼女は本当に情のこもった心づかいをぼくに示してくれました。こちらが気おくれのしないよう、日本の風景の話、仏蘭西の印象に触れ、決してぼくの嫌いな戦争の頃のことに話題をむけぬよう計ってくれたのです。

ぼくもその思いやりに心動かされ、努めて素直な気持で返事をしていました。だが、ふと、顔をあげて、同じ食卓にいる彼女の男友達を見あげた時——

ぼくは彼がイライラとした表情でフォークを動かしているのに気づきました。彼はすごいほど整った顔だちをしているのですが、食事中一言もさしはさまず、憎しみのこもった眼で時々チラッ、チラッとこちらを見るだけなのです。

外国に住んでいれば、特に黄色人であればこんな視線には屢々《しばしば》、あうものですから、ぼくもできるだけ彼を刺激しないよう黙殺していました。

「旅行でお疲れになったでしょうから」とデニーズは食事がすむと微笑しながら言いました。「今夜はゆっくりとお休み下さい。朝食はお部屋に運ばせます。おひるとお夕食は此処で御一緒にしましょう」

それから彼女は、ぼく等のうしろで石像のように身じろがぬ老婆の召使いにランプを持ってぼくを部屋まで送るように命じました。

リヨンのような街から、このような田舎に来ると、かえってそのふかい静けさが眠りをさまたげます。巾の広い、箱のような田舎風の寝台の上で寝がえりをうちながら、ぼくは窓の外にざわめく樹々の音、その間をすりぬける風の響きを聞いていました。デニーズのいかにも優しげな微笑、微笑した時の愛らしい眼のことをぼんやりと考えました。

その時、ぼくは壁を通して何か低いすり切れた音を耳にしました。ちょうど古いレコードをかけた時のように、そのかすれた音は幾度もくりかえされるのです。

幾分、不安になりながら闇の中で耳を澄《すま》しているとそれは男の泣き声なのです。

――男の泣き声といえば、この家にはぼくのほかには、あの食卓の洒落れた洋服を着こなした美青年しかいない筈《はず》です。けれども、彼が、神経質な額と眼とをもったあの男がこんなミジめな声で泣いているとはぼくには思えませんでした。

こうして二、三日がゆっくりと過ぎていきました。一日中、食堂にでるほかにリヨンの下宿とおなじように、ぼくは寝台に身をよこたえ、ぼんやりと窓から外をながめて暮しました。

窓の向うはポプラやアカシアの樹の茂った庭になっています。午後になると、きまって彼女がその庭をおりて何処かに行く姿が見えました。赤い華美なマフラーをしたあの青年がそのうしろから背をまげながら従っていくのです。やがて庭の外で自動車のエンジンをかける音がし彼等は毎日、どこかに出かけるようでした。

（あの二人は恋人なのかしらん。それとも文字通り、ただの友だちなのかしら）

そんなことをぼくは車の音をききながら、ぼんやり考えます。それにしても、あの夜、耳にした泣き声は一体なぜなのだろうか、という興味にもかられました。

デニーズは食堂で顔を合わせる時、いつもぼくに優しい微笑と細かい心づかいを見せてくれました。

それがぼくにはかえって心苦しく、厚釜《あつかま》しい手紙を送った自分にたまらない屈辱感をおぼえる時さえありました。

そして、青年といえば、これはやはり食卓で一言もものを言わず、時々、憎しみのこもった眼でぼくたちを見るのです。

（デニーズを彼、愛しているんだな）そこまではぼくにも察しがつきました。（デニーズがぼくに優しくするのでイライラしているのだな）

けれども四日目のある日、ぼくはデニーズの奇妙な態度に気がつきました。その日の午後、いつもよりは陽が暖かいので、ぼくは部屋を出て庭の古い、こわれかかったベンチの上に腰かけていました。

その時、彼女が一人で、門から庭にはいってきたのです。彼女はベンチの方に歩いてきました。

「今日は暖かですね」ぼくは食堂と同じように優しい微笑と返事とを期待しながら声をかけました。「おかげで随分、体もよくなったようです」

だが、デニーズはぼくの方をつめたい眼でチラッと見ただけで一言ものを言わず、通りすぎたのです。

何を怒っているのだろう、何故、こんな打って変った態度をとるのだろう、とぼくはムッとさえしながら考えました。

だが、その夜、夕食の時、彼女は例のように微笑し、巴里《パリ》で見た日本の浮世絵の話をぼくにするのでした。


ぼくは一週間したらこのムユラを去るつもりでした。いかに厚釜しいとはいえ、友だちのいない他人の別荘にこれ以上、厄介になることはできません。

リヨンの薄暗い一日、夕暮になると這いまわる黄色い霧、そしてあの湿った屋根裏の部屋にふたたび戻るのは憂鬱でしたが仕方がありません。

愈々《いよいよ》、明日、彼女に別れを告げようと思っていた日でした。寝台にねころがっていたぼくはだれかが部屋の戸をノックするのに眼をあけました。

あの青年です。彼は英国風のスエータを着て、手に乗馬用の鞭をもっていました。憎しみ

のこもった眼でぼくと部屋の中を見まわし、おさえつけるように、

「何時《いつ》、ここを引きあげるんだ」

「だれが？」

「無論、お前さ」

流石《さすが》にぼくもムッとしました。そんな命令をデニーズからなら兎も角、君から受ける覚えはないと言いかえしたのです。

鞭をもった彼の手が細かく震えました。

「お前」蒼白な顔をあげて彼は叫びました。「デニーズに甘えるな。彼女はお前なんかに一片の好意ももっていないぞ」

「妬《や》いているんだな」とぼくは嘲笑しました。「食堂で君には話しかけないからな」

青年は少しずつドアまで退り、そして突然頭を両手でかかえて、

「あの女は残酷な娘だ。あの女は残酷な娘だ」

と呟きながら出ていったのです。

静まりかえった部屋の中で、ぼくは茫然とたっていました。村の教会から夕の点鐘《てんしょう》をならす音がきこえます。

ふと、ぼくは昨日の庭で冷たい軽蔑的な視線でぼくをチラッと見たまま通りすぎたデニーズの顔を思いだしました。屈辱感が焼傷《やけど》のように胸を燃やしました。自分が彼女に利用され

ていたこと、あの優しい微笑も心こもった会話もぼくのためではなく、あの青年をじらす手段であったこともハッキリわかったわけです。

（莫迦《ばか》だったな、お前は）

翌日、ここを引き上げる決心はすぐ、つきました。

その夜、食堂はいつもと同じようでした。ぼくもできるだけ自分の感情をかくしていたのです。

食事がすんだあと、部屋にかえり、ぼくは荷づくりをしました。それからベッドにつこうとした時、また、壁ごしにあのレコードのすりきれたような音が聞えてきたのです。たしかに泣き声でした。

ランプを吹き消し、ぼくは廊下にでました。

闇の中をぼくは手さぐりで歩きだしました。

泣き声は隣室ではなく、廊下の奥のデニーズの部屋から洩れていたのです。ドアの前まで来るとぼくは急にたちどまりました。戸が半分、開いていたからです。

部屋の中に、青年が床にしゃがみこみ、デニーズは窓に靠《もた》れて、その身をかがめた男を見おろしていました。

「だから、そこを這ってごらんなさいよ」

ぼくは、はじめ彼女の言うその言葉がよく、わかりませんでした。聞きちがえたのかと思いました。

だがあの美青年は彼女に言われた通り、犬のように床の上を這ったのです。

ランプの青白い光を逆にうけて、それをじっと見つめているデニーズは石像のように微動さえしませんでした。彼女が白いガウンを着ていたのが恐ろしいほど、よくわかりました。

その夜は大変、長いくるしい夜でした。

翌日の昼、ぼくは彼女に食卓で今日の午後、ここを立ち去ることを告げました。自分の声がひきつり、かすれているのを感じました。

「残念ですわ。もっと長くいてくださると、あたしたち、どんなに嬉しいか、わかりませんのに」

例の優しい微笑と愛らしい眼でデニーズはそう答えました。

その瞬間、青年の体がピクッと震えたように、ぼくには思われました。

生きていたコリンヌ

霊媒の女

巴里《パリ》の夏は砂漠だと、仏蘭西人《フランス》たちは言っている。砂漠か広野かしらないが、七月ともなると、確かに「花の都」は寂寞としずまりかえってしまうのだ。

なぜなら、その七月から八月の終りまで、巴里は所謂《いわゆる》、夏休みなので、上はボアの近くに住むブルジョアは勿論のこと、下は労働者や女中に至るまで、皆、休暇をとってしまい、それぞれサボアの山の中や、ブルターニュの海べりに二カ月の休養に出かけるからだ。

学生たちも行李《こうり》をまとめて家郷に引きあげるから平生《いつも》は若い恋びとたちの腕をくんで行きかう学生街、ミッシェル通りも閑散たるものである。店々も戸をとじ、鎧戸《よろいど》をおろし、軒先に「十月までは休業仕り候」という札をぶらさげている。ひそまりかえった路地や裏町を主人のない野良猫が脚音をしのばせて横切り、リュクサンブール公園の噴水だけが力ない水をチョロ、チョロと吐きだしている。

そうした季節、巴里に残っているのは帰省すべき家郷のない外国人学生だけで、当時、私もラテン区の屋根裏部屋で、毎日、アクビをしたり、汗まみれになって昼寝をしたり、そして夜、やっと涼しい風が吹くと近所の映画館に西部劇でも見にいくより、なすことがなかった。

下宿の婆さんまでが西仏にある彼女の故郷に帰ってしまったから、私は三度の食事を外にとりにでかけるより仕方がない。もとより懐中の豊かならぬ日本人の書生だから、米国人の観光客たちが食事をするゼイタクな料理屋にはいれるわけがない。大学からセーヌ河に向かって真直《まつすぐ》おりた右側に「金獅子亭《きんじしてい》」という安料理屋のあることを私は知っていた。

焼肉にサラダと、一瓶の小さな葡萄酒、それにカマンベールという物すごい臭さをもっているが、馴れればたまらなくウマいチーズをそえて二百フラン（邦価、約二百円）で食わせるのがこの店であった。

ペンキのチョロ剝《は》げたドアを押すと、うす暗い店の壁には水銀の所々、落ちた鏡が片側の壁にはめこまれてあり、奥の方に古い玉突台が置いてある。サンザノ酒やマルチニイ酒の空瓶を並べたバーテン台の背後には何時《いつ》も、背の低い葡萄酒焼けのした親爺がせっせとコップを磨いている。客が来ても挨拶もしなければ、その客が卓《テーブル》に腰をおろしても注文もとりにこない。彼が運ぶのはいつも二百フランのこの定食で、定食以外にはまるで料理がないようであった。

私は午睡のあとの少し痛くなった頭をかかえながら、この料理屋にはいり、黙々と親爺の運んでくる料理を黙々とたべ、百フランの札を二枚、机の上において引きあげるのが常だった。

私のほかに、やはり夏休みを何処に行く当てもない異国の学生たちが時々、白けたつまらなそうな顔をして焼肉を切り、葡萄酒を飲んでいることがあった。彼等とても、この「金獅子亭」を出ればリュクサンブール公園を一まわりするか、近所の映画館で安映画でも見たあと、下宿にかえり、寝ぐるしい夏の夜を送る以外に手がないのである。

この「金獅子亭」の話を長々と申し上げたのはここで私がチェッコの学生、アレクサンドル・ルーヴィッヒを知ったからであり、この、アレクサンドルを知ったがために、奇怪な一つの事件に巻きこまれてしまったからでもある。

さて、アレクサンドルを知ったのはその夏休みも真盛りの八月のある暑い夕方だった。

例によって私は一日中、下宿のベッドでパジャマを着たままゴロゴロとしていたが、窓の向うの聖テレーズ寺院の鐘が五時を告げると、大きなあくびをしながら服を着がえ、「金獅子亭」に晩飯を食いに出かけた。

晩飯を食ったあと、私は何をして時間を潰して良いのかわからなかった。近所の映画館の映画はほとんど見尽してしまったし、劇場は九月まで幕をしめているし、何処かに踊りに行くにも女友だちたちは巴里に残っていないし、結局、下宿に戻るより仕方のない日だったのである。

兎に角、晩飯を食いながら、ゆっくり考えようと思い、私は「金獅子亭」の戸を押した。親爺は十年一日のごとくバーテン台のうしろでコップを磨き、私の方をチラッと見たが、もとより挨拶もしない。

こちらも片隅の卓に腰をおろして、ポケットから夕刊をとりだし、映画欄のところにざっと眼を通しながら、ひとつ今夜はモンマルトルの方まで出かけてみようかと考えていた。

その時、ドアをあけて、一人の背の高い髪のクシャクシャとした奴がはいってきたのである。美術学校の学生でもあろうか、絵具でよごれたコールテンの上衣を着、その上衣の上ポケットに四、五本の鉛筆を入れて、如何にも今までアトリエにいたと言う風態《ふうてい》であった。

私とはす向いの卓に腰をおろすと、そいつは雀の巣のようにクシャクシャと乱れた髪にしきりと指をつっこみながら、盛んにアクビを連発している。奴ッこさんもこの夏休みをもて余している外国人学生だなと言うことは一眼見て、すぐ気づいた。

「金獅子亭」に私が飯を食いにくるようになってから一カ月になるが、一度も見かけたことのない男である。頭の毛が栗色をすこしまじえた金髪のところを見ると、どうやら北欧の学生らしいが、さて何処の国の男か、わからない。

夕刊の間から相手をジロジロと観察していると奴ッこさんも私の視線に気づいたのか、顔をあげて、ニヤリッと嗤《わら》った。

「退屈そうだね」と私は声をかけた。これで私たちは仲良くなったのである。

「あんたの卓《テーブル》に行ってもいいかい」

向うも話し相手がよほど欲しかったと見えて、私の承諾もきかず、ノコノコとこちらの卓にやってきた。

「俺はチェッコの学生で」と彼は手を差しだした。「美術学校に行っている、アレクサンドル・ルーヴィッヒと言う」

そこで私も自分の名を名のり、遠い日本から笈《きゆう》をおうて巴里に上ってきたことを彼に告げた。

親爺がはこんできた焼肉とサラダとカマンベールのチーズと赤葡萄酒の料理を食いながら、私は巴里の夏の退屈なこと、異国の学生には、どう送ってよいのかわからぬことを盛んに彼にこぼしたのである。

「で、アレクサンドル、君は一向、退屈していないようだね」

「いや、骨身《ほねみ》にこたえるほど退屈だね」と彼も苦笑しながら「ところが、今夜だけは、どうやら面白いことがありそうなんだ」

「いいな。面白いことがあるとは羨しいな」私はカマンベールを食べながら言った。「差支《さしつか》えなかったら教えてくれ給えよ」

「それがね」

パン屑《くず》を指先でなめながらアレクサンドルは、急に何かを打明けるように小声で囁《ささや》いた。

「君、霊媒って知っているかい」

「霊媒?」

「うん。つまりだな。死んだ人間の霊魂をよびだして、それと色々の話をすることだ」

「日本でもあるな」と私は言った。「一種のペテンか迷信だろう」

「じゃないんだ。俺もそう思っていたのだがね。一週間ほど前のある夜なんだが……」

一週間ほど前のある夜のこと、アレクサンドルは一寸《ちよつと》した用事があって巴里の郊外まででかけ、夜、おそくなって帰ってきた。時刻は十二時を過ぎていたから、アレクサンドルの下宿のあたりは、青い街灯がともっているだけで、どの家も戸を閉じて寝しずまっていた。下宿の近くまで来ると、彼はある家の壁に何か黒いものがしゃがみながら呻いているのに気がついた。

近寄ってみると一人の老婆である。なにか、ひどく苦しんでいる様子だ。アレクサンドルはあわてて彼女にたずねた。

「どうしたんです」

相手は持病の狭心症が突然起きたらしいと答えた。

「それでね、俺は大いそぎで医者をよびにいったんだ。汚い部屋だが、その婆さんは俺のベッドで朝がたまで休んでいったよ。発作は大したこともなかったらしい。間もなく元気になったのさ。

婆さんは帰りがけに俺に礼を言いながら、一枚の名刺をくれたんだ。見ると、

霊媒師　マダム・エスマン

と書いてあるじゃないか」

「ふん、それで?」いささか好奇心に駆られた私はフォークをおいてたずねた。

「何時か暇があったら来いと婆さんは言うんだ。昨夜のお礼に貴方の血縁の誰でも霊界から招《よ》んで話させてあげようと言うわけさ。俺は微笑して首をふった。勿論、君と同じように俺も霊媒など、マヤカシか催眠術のたぐいだろうと思っていたからさ。ところがその婆さん、俺の下宿の戸口を出がけにね、こう言ったんだ。

——あんたのお父さんは自動車事故で死んだのね。

俺はゾーッとした。本当なんだ。親爺は俺が十八の時、独逸《ドイツ》に商用で出かけてアーヘン市の郊外で自動車事故で死んだんだよ」

話し終るとアレクサンドルはしばらく黙ったまま考えこんでいた。私も食べるのをやめて、このチェッコの学生が何処まで本気なのかと疑ってみた。

「で、君、今夜、そのマダム・エスマンのところに行ってみるわけだな」

「そうなんだ。だまされてもいいから、俺は死んだ親爺の霊魂と話をしてみたいよ」

そう言うとアレクサンドルはたちあがってポケットから二百フランの札をだし机の上においた。

「また、会おうや。チャンスがあったらな」

「うん」と答えて私はしばらく、ためらった。「君……もし、よかったら」

「一緒について来たいかい」

「うん」

「じゃ、来いよ。実際のところ、俺も一人で行くのは、何かウス気味がわるいからな」

霊媒や占いを信じたことのない私だったが、兎も角も「金獅子亭」を出てモンマルトルでつまらぬ映画を見るよりは、アレクサンドルとマダム・エスマンをたずねる方が面白そうだった。どうせ、下宿に帰っても、寝ぐるしい夜をベッドで反転しながら送るのも芸のない話だった。

「金獅子亭」を出た時は既にあたりは暗紫色と乳色との溶けあった夕靄《ゆうもや》につつまれていた。仏蘭西の夏の夜の訪れは遅い。八時頃になるまで、夕とも夜ともつかぬ白夜のような微光が残りつづけるのである。

二人はセーヌ河をくだり、ミッシェル河岸にそってぶらぶらと歩きだした。やっと、この時刻になると、夕風を求めて、あたりを散歩する人たちの姿も見うけられた。戸をあけ放した何処かのキャフェでグレコの歌うシャンソンの曲が聞えてきた。

アレクサンドルはモンテベロ河岸からラグランジュ通りの方に出た。その付近には網の目のように小さな路《みち》が錯綜している場所である。

人影一人ないその路の片側にナマコ色の壁が長く続いている。二百年近くの歳月を経た古い黒ずんだ家が、洞穴のように暗い入口を見せて並んでいる。

「ここだ」

アレクサンドルは低い声で囁いた。たしかに郵便受けの一つにマダム・エスマンと言う名を我々は見つけたのである。

安物の油とも人間の臭気ともつかぬ臭いのこもった階段をのぼり、私とアレクサンドルは三階まで登った。そして、静まりかえった踊り場にたち眼の前にある戸を叩いた。

やがて誰かが廊下を渡る足音がきこえ、細目に戸があけられた。

「誰かね」

「ぼくです。アレクサンドル・ルーヴィッヒです」

老婆は気味わるい微笑をうかべながら叫んだ。

「よく、来たね。あんたが来ると思っていたよ」

「一人じゃないんです。日本人の友だちを連れて来たんです」

「ふん」

老婆はフクロウのように白い眼をあけて私の頭から足さきまでジロジロと眺めまわした。彼女は夏だというのにジプシーの女がするように総《ふさ》のついた大きな肩かけをしていた。そしてその白髪の頭は、長いこと手入れをしたことがないようによごれて乱れていた。

「おはいりよ」

私たちは、これも安物の食用油の臭いのこもった部屋に通された。驚いたことにはその部屋の乱雑さ以上に、十匹あまりの猫が机の上や椅子の上、部屋の隅、ふるい大きなベッドを占領し、疑いぶかそうな眼つきで我々を眺めているのだった。

老婆は満足そうな表情で一匹の猫がうずくまって唸っている机を指さした。その机の上には大きな硝子《ガラス》でできたフラスコのようなものが置かれてあった。

「何が聞きたいのかね。親切な学生さん」

「親爺の霊と」と呻くようにアレクサンドルが叫んだ。「話したいんです」

「ふん」

マダム・エスマンはその皺だらけの手をフラスコの上において、眼をつむった。

……五分間ほどの間、老婆はじっと黙っていた。窓の向うの乳色の夕靄がその間に次第に夜となり闇と変っていた。アレクサンドルも私も、身じろぎもせず、ただ老婆の一挙一動をじっと見つめていた。

突然、老婆の声が変った。それは夜の海の遠くから聞えてくる風のような低い、嗄れた男の声だった。

「楡《にれ》の樹……四年前……自動車……」

私ははじめ、その意味がわからなかった。それらは無意味な単語の羅列にすぎなかったからだ。

「なにを言っているんです」アレクサンドルは呻くように言った。彼の額にはベットリと汗がにじんでいた。「だが、親爺の声だ。本当に親爺の声だ」

「楡の樹……四年前……自動車……」

老婆は同じ言葉を繰りかえした。そして突然、指を三本、ひろげたまま、我々の眼の前に差し出したのである。

昏酔状態が終った時、マダム・エスマンは崩れるように椅子に腰をかけた。彼女はひどく疲れているように見えた。

「何か、私は言ったかい」と彼女はふかい溜息をついてたずねた。

「楡の樹、四年前、自動車、それを繰りかえしただけですよ」アレクサンドルは当惑したように言った。「だが、確かに親爺の声だった。確かに親爺の声だった」

そして彼は私の方をむいて同意を求めるように肯いてみせた。

だが、私には、これらの光景は全て莫迦莫迦《ばかばか》しい喜劇にすぎなかった。老婆ときたらただ意味のない単語を意味ありげに羅列したに過ぎないのだ。そして一種、催眠状態にはいったアレクサンドルは、錯覚によって老婆の作り声を親爺の声と思いこんだのだろう。

「本当かね」と私は皮肉な嗤いを頰にうかべながら答えた。「あの声が君の親爺だというハッキリした証明があると良いんだがな」

私のその質問は老婆をひどく怒らせたようだった。

「何だって？　この東洋人は私がウソでもついたと言うのかね」

「そんなことはありませんよ」狼狽したアレクサンドルはしきりに私に眼で合図しながら

「ただ、彼は冗談で……」

「なら、ハッキリと証拠を見せてあげるから。いい、もう一度、あんたのお父さんを招んでくるよ、そして何なりと質問してみるんだね」

私はニヤリと笑った。アレクサンドルのためにもこの霊媒師の正体を突きとめることはいいことだった。

「マダム」と私は言った。「どんな質問にでも、その霊は答えてくれるのですか？」

「答えないとでもお言いかい」

私は指を嚙んだ。アレクサンドルと私とがはっきりと真偽の証明のできるような質問でなければならない。アレクサンドルの幼年時代のこと、これは私が知らぬから駄目だ。日本の何かのこと、これはアレクサンドルが知らぬから駄目だ。

突然私の脳裏に全く思いがけない一つの事実がうかんだ。何故、あの時、そのような昔のことが思いだされたのかは今でもわからない。

私の記憶から甦ったのはもう十年前、私が学生だった頃、新宿の映画館で見たコリンヌ・リシェールの映画のことである、コリンヌ・リシェールと言っても、今の若い人たちは知らぬかもしれぬ。だが『格子なき牢獄』や『美しき争い』という仏蘭西映画ではじめてデビューしたこの金髪の憂いがちな眼と唇とをもった女優は当時、私たち日本の青年たちをすっかり捉えてしまったのである。

戦争が終った後、私たちは風のたよりでコリンヌが肺病にかかり、みじめな死に方をしたと聞いた。なんでも戦争中に仏蘭西人でありながら、独逸の将校と情を通じ、そのため戦後は人々の軽蔑や嘲笑をうけて悲惨な生涯を終えたそうだった。

繰りかえして言うが、コリンヌ・リシェールの名が私の脳裏にうかんだのは今でも何故かわからない、ひょっとすると、その前夜、下宿の近所の映画館で見たある甘い悲しい恋物語が、私に十年前の『美しき争い』の筋書きを思いださせ、無意識のうちにコリンヌの名を甦らせたのかもしれない。兎も角、私は老婆にこの女優の名を告げた。

「じゃ、その霊にコリンヌが死んだ日と場所とを言ってもらって下さい」

私はこの老婆がコリンヌの名や運命をきいていたとしても、この女優が死んだ日と場所まではまさか覚えてはいまいとタカをくくったのである。出駄羅目《でたらめ》を言ったところで、あとになれば、わかることだ。これは満更、わるい質問でもなさそうだった。

「ふん」ふてぶてしく、老婆は呟くと、ふたたび眼をとじてフラスコに手をあてた。

また、四、五分の沈黙がつづいた。

「……ブロア町……ブロア町」彼女は夢遊病者のように語りはじめた。「コリンヌは……」

「えっ？」

「コリンヌは生きている！……コリンヌは生きている……ブロア町……ブロア町……」

「莫迦な！」私は声をたてて笑った。コリンヌ・リシェールが生きているなんて。彼女が死んだことは全世界の人間が知っているのである。このイカサマ師の老婆は遂に苦肉の策として、とんでもないタワ言をしゃべり、やっぱり、シッポを見せたのである。

半時間後、私はアレクサンドルと肩をならべてラグランジュ街の石畳を歩いていた。もう夜更けだった。空には明日の暑さを告げる白い雲がうかび、星がきらめいていた。

「君は本当にあの婆さんを信じているのかね」

皮肉な声で私はアレクサンドルにたずねた。

「わからないんだ。だが、たしかに、あれは俺の親爺の声だった」

「だが、コリンヌ・リシェールが生きている筈《はず》はないよ。ブロア町に住んでいるとは、更に愉快じゃないか。あの女優が死んだことは日本にも知れ渡っているのだからね」

「それは、俺もチェッコで聞いたな。しかし、親爺の声は……」

「なら、どうだい」私は冗談のように誘いかけた。「明日、今日と同じ時刻に『金獅子亭』

に来いよ。晩飯をくったら、二人でブロア町に出かけてみようじゃないか。本当にコリンヌ・リシェールが生きているか見にいこうじゃないか」

ブロア町

その翌朝、私はベッドの上で、旅行者《エトランゼ》たちの誰もが持っているルコント版の巴里案内図でブロア町が巴里の第二区、歓楽と悪徳のモンマルトルからすぐ近い路地であることを知った。コリンヌ・リシェールが生きていると言うことも私には莫迦莫迦しい限りだったが、彼女が田舎や外国ならば兎も角、巴里の真中の、しかも最も人眼のつきやすいモンマルトルからほど遠からぬ場所に住んでいるとは、どう考えても信ぜられなかった。読者も考えてほしい。モンマルトルとは東京でいえば浅草のようなところだ。映画館や酒場やストリップ劇場や余太者やグレン隊たちの集まるところなのである。そのような繁華な場所、人通りの多い巷に、いかにコリンヌ・リシェールが落ちぶれて、かくれていたにせよ、十年の歳月の間には必ず人の噂にものぼり、新聞記者たちが嗅ぎつける筈なのだ。

だから、その夕暮、「金獅子亭」でアレクサンドルと落ちあった時、真剣な表情をしている彼を見て、私はいささか驚いたのだった。

例によって、焼肉とサラダとカマンベールの夕食をすますと、私たちは煙草をふかしながら外にでた。オデオンまで歩き、そこから地下鉄にのり、モンマルトルの盛り場についたのは午後八時を過ぎていただろうか。

夏枯れとは言え、流石《さすが》、モンマルトルだけは青や黄色のネオンサインがきらめき、ムーラン・ルージュの赤い水車が赫《かが》やいていた。腕に入墨をした水夫たちが女を連れて歩いている。風態の良くない若者たちが怪しげな酒場の壁にもたれて、口笛を吹いている。お上りさんの米国人の夫婦が射的屋の前にたって、はいろうか、どうかと躊《ため》らっている。全て、いかにも庶民の盛り場らしい夕暮の風景だった。

モンマルトルは丘である。周りの路のほとんどはふるい石畳の坂路である。私たちはその坂路を幾つものぼり、ブロア町の方に歩いていった。

ある家の軒下で、盲目の乞食がかなしげに手風琴をならして金を乞うていた。彼のまわりに集まっているのは、うす汚い子供たちと茶色い大きな野良犬だけだった。

サクレ・クール寺院の白い塔が乳色の夕靄のむこうにぼんやりと浮びあがっている。壁はおちて、水道管が人間の腸のように露出している。みすぼらしい古い建物がならんでいる。

ブロア町はそんな辻の一角にあった。ガス灯の灯が次第にしのびよって来る灰色の翳の中に燃えているだけで、路を歩く人もない。

「ここに、コリンヌ・リシェール嬢がお住まいか」

皮肉と嘲笑をこめて、私は呟いた。流石、このような憐れな町角にたって、アレクサンドルも半信半疑の面持ちであった。

ガス灯の背後から、夕顔のように白い影があらわれた。モンマルトル名物の辻君なのだ。

「遊んでいかない《チュ・ビャン・シェ・モア》」

豚のように太った、そしてコワれた人形のように顔も体も崩れた中年の女である。勿論、コリンヌ・リシェールである筈がない。

「なにか、飲ませてよ」

私は苦笑いをして、歩きだした。だが、うしろをふりかえるとアレクサンドルは彼女と何か話をしている。

「よそうじゃないか」と私は叫んだ。

「待てよ。今、訊いたんだがね、コリンヌと言う名の女はいないが、昔、女優をしていた女が、近所のキャバレーにいるそうだ」

「なんだって？」

好奇心にかられて、私は二人のそばに寄った。

「昔、女優をしていたんだって？　その女の名はなんと言うんだ」

「マリー・テレーズって、みんな呼んでいるよ」女はすこし怯えたように言った。「あんたたち、刑事なのかい」

「違うよ。姉ちゃん。安心しろよ」アレクサンドルは一枚の百フラン札を彼女の手に握らせながら言った。「俺たちは映画の監督さんなんだ。ふるい女優を種にして、一本、作ろうってわけなんだ」

「そうかね」女はわかったような、わからないような悲しげな微笑をした。「この坂路をおりた所に、『鳥の巣亭』というキャバレーがあるよ。あの娘《こ》はあそこで働いているんだから」

「有難うよ。姉ちゃん」

淫売婦はふたたび、肩をぶらんぶらんさせながら夕靄の中を去っていった。こわれた古人形のように、その姿はわびしく憐れだった。

「どうする」

「どうするって」と私は答えた。「ここまで来た以上、そのキャバレーを見ようじゃないか」

なぜかしらないが、私の気持はその時、そのマリー・テレーズとよぶ女が、コリンヌ・リシェールではなくても、コリンヌと関係のある女のように思われだしてきた。なぜ、そういう気持になったのか、ふしぎだった。


白い制服を着たボーイが「鳥の巣亭」の前にたっていた。

それは赤煉瓦に蔦をからませた安っぽいキャバレーだった。入口の壁に大きな口をあけて白痴のような笑い顔を見せている裸女の絵があった。モンマルトルの何処にでもある、少し猥《みだ》らな、少しの悪徳と少しの罪の臭いとをふくんだ酒場の一つだった。

ボーイは私たちを見ると、唇にうすい嗤いをうかべて、

「ショウの時間です」

と叫んだ。

照明をけした内部には、煙草のけむりが濛々と拡がり、口笛の音や、笑い声がきこえてきた。

　舞台では、おどけたマスクをかぶったピエロが赤い風船をもって、大袈裟な身ぶりで飛んだり、はねたりしていた。

　私たちはウイスキーの瓶を持ってきたボーイにチップをやりながら、

「マリー・テレーズという女は舞台にでるのかね」

「次の番でさあ、ムッシュウ」

　舞台の電気が黄色から、突然、紫色に変ると、けたたましいサキソフォーンの音を合図に、一人の金髪の女がキラキラと光る安ものの衣装をきて、両手をひろげながら、あらわれた。

「おい」私はアレクサンドルの腕を引張った。「マリー・テレーズだろう」

　そのマリー・テレーズは、こちらをむいて嗄れた声で歌を歌った。本当に嗄れた、聞きぐるしい声だった、それは煙草と深酒とモルヒネとですっかり痛めたような声だった。

　私は紫色の照明がそこだけ照らしている彼女の顔を仔細に眺めたが、それはコリンヌ・リシェールとは似ても似つかぬ女だった。

　彼女が歌う間、ピエロを演じていた男が、客席の方をむいて、指で耳に栓をする。いかにも聞くに堪えないというつもりをする。すると客席では、クスクスという笑い声が洩れるのだった。

歌が終るとマリー・テレーズとピエロとは野卑な漫才をやりはじめる。客たちは酒を飲み、煙草をふかし、大きなアクビをして、不平を言いはじめた。

日本とちがって、仏蘭西の寄席では客は芸人にたいして辛辣である。気に入った歌や喜劇には万雷の拍手や口笛は惜しまないが、つまらぬ出しものには足をふみならし、不平、不満のデモンストレイションをする。

「くだらねえじゃねえか」私たちの隣りにいた酔っぱらいの男が酒瓶で机を叩きながら、怒鳴った。「俺の女房の面《つら》よりも、もっと面白くねえや」

「引《バ》っこめ《タン》、引《バ》っこめ《タン》、引《バ》っこめ《タン》！」

周囲の客たちも、それに応じて足をふみならしはじめた。

あわれなマリー・テレーズはそれでも、嗄れた声で新しい歌を歌いはじめたが、客たちの怒声に妨げられて、長続きがしなかった。

「出よう。あれは、コリンヌ・リシェールじゃないしな」アレクサンドルは言った。「ここに何時までも坐っていても無駄なことさ」

私たちは、席をたって興奮している客たちの間を縫いながら外に出た。

夜空には昨夜と同じように、明日の暑さを思わせる白い雲がでていた。だが星はきらめいてはいなかった。

「あれが、落ちぶれた芸人の姿だな」アレクサンドルはかなしげな声で言った。「巴里とは残酷な世界だ。一度、忘れられた人間はその昔がどんなに華やかでも、もう二度と相手にはされない。あのマリー・テレーズだってその昔は、はなやかな女優だったのかもしれぬ。オペラ・コミック劇場などで人々の拍手と花束とに囲まれていた女だったのかもしれぬ。それが、どうだ。年をとり、皆から忘れられ、煙草と酒とで痛めた声で歌を歌いつづけるのだ」

(コリンヌ・リシェールの最後もそうだったろうか)

私は黙ったまま、考えつづけた。あの霊媒の老婆が言ったことがウソであり、出駄羅目であったことはもうよく、わかっていた。しかし、私には、コリンヌが生きているか、どうかと言うことは、もう、どうでもよかった。マリー・テレーズという落ちぶれた女優の姿を見た以上、私にはコリンヌの末路も、わかるような気がした。

私は、ふと、十年も前の昔、新宿の安映画館で見た、コリンヌの映画『格子なき牢獄』を思いだしていた。それは戦争の末期の、国策宣伝の映画や戦争映画しか上映されなかった当時、私たちが見られた最後の外国映画の一つだった。フィルムはすり切れ、雨がふっていたけれども、私は友だちと大学をさぼって、何度も何度も見にいったのである。当時大学では授業はなく、横暴な配属将校が、私たちを泥の中に寝かせたり、人殺しの喊声《かんせい》を叫ぶことを命ずるのだった。

私は、あの映画の最後で、コリンヌ・リシェールが、若い乙女たちと歌う、やさしい、甘い曲をまだ覚えていた。

「アレクサンドル。あの歌をまだ、知っているかね」

私たちは小声で歌いはじめた。

春の野は
　日差し、うららかに
花咲けば
　鳥は舞い歌う
乙女等も
　声をあわせて

私は歌詞をよく思いだせなかった。しかし、あのやさしい曲だけは、記憶の遠い底から甦ってきた。

坂路のむこうで一人の酔っぱらいが大声をあげて怒鳴った。

「くだらねえぞ、俺の女房の面より、もっとくだらねえぞ」

それは先ほど、「鳥の巣亭」で酒瓶を叩きながら、舞台に悪口をあびせかけていた男だった。

ベレー帽をかぶり、タブタブのズボンをはいた彼は人影のない石畳みの路をよろよろと歩き、ある家の壁に小便をかけたりしていた。

私たちは、彼を追い抜き、モンマルトルのあかるい灯に向かって坂路をおりていった。

青い街灯のかげから、一人の女がまたあらわれた。

「遊ばないよ」とアレクサンドルが答えた。

だがそれはモンマルトルの夕顔とも言うべき淫売婦ではなかった。みすぼらしいボロに身をつつみ、これも灰色のショールで顔を覆った女乞食であった。彼女はアルミのコップの中で五フランの金を鳴らしながら私たちに物乞いをしていたのである。

アレクサンドルが小銭を彼女に与えた時、酔っぱらいが我々に近づいてきた。

「なんだ。乞食かあ」酔っぱらいは体を振りながら叫んだ。「タダで金をくれと言うことはあるめえな。何かしろよ。歌を歌え。芸をしてみろよ」

「よせよ、おじさん」アレクサンドルは小声でたしなめた。

「マア、いいじゃねえか」

ショールで顔を覆いながら、その女乞食は二、三歩退った。

「おや、おめえ、金が欲しくないというのかい」

酔っぱらいは手に五十フランの札をピラ、ピラさせながら、まるで飢えた動物をからかうような調子で言った。

しばらくの間、女乞食は彼の顔と、その五十フラン札とを交互に見つめていた。突然、私は彼女の眼に憎しみの光がきらめいたように思った。

たかい声をたてて彼女は笑った。それから顔を覆っていた灰色のショールをとって歌いはじめたのである。

春の野は
　日差し、うららかに
花咲けば
　鳥は舞い歌う
乙女等も
　声をあわせて

それは――私たちが先ほど、思いだしたばかりの『格子なき牢獄』の主題歌だった。私たちの探しているコリンヌ・リシェールが同じような少女たちにかこまれて合唱した歌だった。

愕然として私とアレクサンドルは顔をみあわせた。

海草のように乱れた女乞食の髪は栗色だった。コリンヌの髪は映画で見たところ、確かブロンドだったと思う。だが、私はショールをとった彼女の目鼻だちの中に、クローズ・アップになったコリンヌの面影を瞬間、みとめたような気がしたのだった。

女乞食は——いや、変り果てたコリンヌ・リシェールは、その時、突然、身をひるがえすと、呆気にとられている酔っぱらいと私たち二人とをそこに残して闇の中に走り去ったのである。

私はその固い足音が消えていくのを耳にしながら茫然と坂路にたっていた。

空には明日の暑さを思わせる白い雲が二、三片、ういていた。だが、星々は光ってはいなかった。


翌日、私は黄昏、アレクサンドルに会いに「金獅子亭」にでかけた。勿論、私は霊媒師のマダム・エスマンにたいする無礼をふかく恥じていたのである。世の中には科学や理屈ではどうにも、いかぬものがあるのだ。コリンヌの生存を占った彼女に私は恐怖さえ感じていた。

「金獅子亭」のペンキの剝げた戸を押すと、薄暗い内部には一人の客もいなかった。

マルチニイ酒やサンザノ酒の空瓶をうしろにして、何時ものようにコップを磨いていた親爺は私の顔を見ると、鼻水をすすりながら、

「あんたに置手紙があるぜ」

「誰から?」

「先日の、あんたの友だちだろ」

そして彼はスタンドの下から一通の白い封筒をさしだした。

私は机に坐り、その封を切り一枚の紙片をとりだした。

「親しい友よ。

先日来、失礼いたしました。『金獅子亭』の主人にこの手紙を託したのは、実は、小生、貴君にお詫びせねばならぬからです。もっとも、それはこれ仏蘭西に旅されている東洋の友人を慰めんとする、我々の善意からでたものですが。

数週間前から、我々はこの料亭に、如何にも倦怠と退屈とに悩まれている兄《けい》を発見し、何とか、その旅愁をお慰めしようと考えたのであります。我々は幸い、俳優を志すものの集まりでありましたから、計画はすぐ、できあがりました。貴君を霊媒師、マダム・エスマン宅に導き、お求めに応じて、ブロア町より『鳥の巣亭』にマリー・テレーズの歌をきき女乞食に遭遇するまでの筋書きと演出が、大兄の無聊《ぶりよう》を充《みた》したものであれば、我々の満足も、これに過ぎるものはありません。もとより、貴君が会われたマダム・エスマン、淫売婦、酔っぱらい、女乞食は我々小劇団の仲間なのであります、では、何時かまた、おめにかかることを楽しみに――」

アレクサンドル（を演じたる）　ジャック・ブラン

霊媒師（を演じたる）　マドレーヌ・ルファン
ブロア町の淫売婦（を演じたる）　イボンヌ・サラクルウ
酔っぱらい（を演じたる）　ギイ・モルテル
コリンヌ、こと女乞食（を演じたる）　フランソワーヌ・コニア
演出　ジャック・ブラン　一同より

ネコのリンゴの木

むかし、東京からかなり遠い町田市の郊外に狐狸庵《こりあん》といううくそ爺《じじい》が住んでいました。爺がそこに移った頃は、まだそのあたりは文字通りの田舎で、雑木林《ぞうきばやし》や丘がいたるところにあり、春になればレンゲの花が畠一面にさき、ツクシやワラビもずいぶんとれました。秋には柿の実がたわわに農家の庭になり、百姓が柿を売りに来ました。爺はこういうのんびりした村に住めたことを、悦んでおりました。

もともと、爺は働くのがあまり好きでなかったから、自分の人生の方針として次の二つの言葉をいつも人に言いきかせて得意になっていました。

ひとつは「明日できることを今日するな」という諺《ことわざ》で、もうひとつは「明日のことを思いわずらうなかれ」というものでした。前の言葉は何でもトルコの格言、後の言葉は聖書の聖句で、本当は深い、ふかァーい悟りの意味をもっているのに、爺はおのれに都合のいいようにこれを解釈して、これぞわが処世訓と称したわけです。そこで爺は一日最小限に働くと、あとはぐだらぐだらして、テレビを口をあけて一日中何時間も見るという毎日を送っていたようです。

まあ、そんなことはどうでもよろし。

ある春の日、爺が杖を引いて近所の林をぶらぶら歩いていると、クン、クンという鳴き声がきこえてきた。林のなかに目やにだらけの仔犬が一匹棄てられていて、人恋しそうに鳴いていたのです。

仔犬は爺を見ると短い尾を懸命にふりながらやってきました。いや、きたないの、何のって、ドブに落ちたのか臭い泥が尻の毛のあたりについているし、片目がわるいのか、目やにだらけの顔をしている。爺はそれをじっと眺め、
我と来て遊べや親のない仔犬
と一句をひねり出しましたが、それは一茶の句を真似たものであるにもかかわらず、爺は自分の独創であるような顔をして一人でうなずいていた。

その句のせいか、爺が戻ろうとすると仔犬もあとからついてくる。シッ、シッと追い払おうとしてもいつまでも離れない。仔犬のほうも、この爺さんを逃がしたら自分は飢え死にするかもしれぬ、と思うから懸命です。転ぶようにして爺の足もとから離れない。喝《かつ》！　と爺は大声で叫んだが、仔犬は鈍いトロンとした目でじっと見ているだけだ。

「ああ、窮鳥わが懐に入るか、これぞ日本列島改造論である」

爺は何やらわけのわからんことを呟いてこの仔犬を家に連れてきました。こうして仔犬と爺との生活が始まったのです。

爺は気どったつもりで仔犬の名をネコとつけました。けだし、犬をネコ、ネコとよんでその犬がワンワンと吠えたら面白かんべえ、と爺は考えたのである。怠け者にしては、意外と天才的な面もあるではないか、この狐狸庵という爺は。

しかしこのネコという仔犬は生れつき鈍いうえに、爺に輪をかけたような怠け者で、番犬の用もなさない。番犬の用をなすどころか人なつこいことおびただしく、誰が来ようが尾っぽをふって歓迎する以外は、日あたりの良いところで一日中、眠ってばかりいるのである。爺が縁側でうつらうつらとしていると、仔犬もそのそばでグウグウ寝ている。そのくせ、時々、思い出したように近所の家にもぐりこみ、そこの家から子供の靴を片一方だけ持ってきたり、洗濯物の靴下を盗みだしてきて、気でも狂ったように振りまわすのです。そのため、爺は散歩の折なぞ、近所の人に苦情を言われ、頭をペコペコさげねばならなかった。

「ネコ、ネコ」

たまりかねた爺は仔犬に話しかけました。

「お前、花咲爺《はなさかじじい》のシロの話を知っておるか」

しかし、ネコ――この怠け仔犬はトロンとした目でこちらを見あげ、人間の言葉がよくわからんようである。

「花咲爺のシロは、ここ掘れワンワンと主人に宝物の場所を教えたではないか。お前はわしの家に来てもう四カ月にもなるというのに、ここ掘れワンワンと吠えたことは一度もない。恥かしいとは思わんかね」

しかしネコは口をあけて、アクビをしただけでまた眠ってしまった。

「ああ、情ない、末世だ。近頃の人間の若者と同じように、犬もこのごろは年寄りの言うことに耳をかさなくなってしもうた」

と爺は長嘆息して、

行く春や重たき琵琶《びわ》のだき心地

そのまま、ゴロリと転がって眠ってしもうた。

このようにして二年の歳月が流れました。二年の歳月は流れましたが、ネコは相変らず爺の家のため何の役にもたたず眠るか、食うか、近所の家の洗濯物を盗むかの三つしかおこなわず、もし毛沢東先生が耳にされたらこれこそ孔子の悪影響であるとして改心を迫られたかもしれない毎日を送っていたのであります。

爺も今は諦めて何ひとつ小言を言わず、放ったらかしておりました。

ところが二年ののち、この犬はジステンパーなる病気にかかり、コロリと死んでしまった。朝がた、爺が起きて庭に行くと、ネコはもう息を引きとっていました。爺はさすがに泪をながし、

「三日飼えば情がうつるというが、二年もわが家にいたのも宿縁というべきか。やはり悲しくぞある」

と呟いて庭に穴を掘り、手厚く葬ってやりました。そしてその墓に一本の桃の木を植えたのである。

三年の歳月がさらにたった。モモ、クリ三年、柿八年というが、このネコの墓に植えた桃は日本経済と同じで成長率が早く、ジャックの豆の木じゃないが、スクスク育って三年目には枝もたわわに、実をつけました。爺はこの桃にリンゴという名をつけました。かつて仔犬にネコという名をつけたように、桃にリンゴという名をつければ面白かんべえと思ったので、まこと天才的じゃないのかな、この狐狸庵という爺は。

ところが、妙なことが起ったのであります。ある日、爺の家にＮＨＫの集金人が来た。

「ああ、ああ」

爺は手をふって、

「払いません。ＮＨＫは見ていません」

「見ていなくても頂きますよ、規則ですから。あんた、国盗り物語や勝海舟、見ているでしょ。ふるさとの歌まつり見てるでしょ」

「見ていませんな。なんならうちのラジオやテレビから、ＮＨＫの電波だけ、はずしてくださいな。そうすりゃ、あんただって、気が楽だろ」

どこの御家庭の人も一度は憶えのあるＮＨＫ集金人との闘いです。爺はちょうど、その時、ネコの墓の桃の実をもぎとっていたので、

「このリンゴを食べて、早く帰ってくれませんか」

と桃の実を一つ、わたしてやった。ＮＨＫの集金の人は仕方なしにそれを口にして、モグモグと食べて、

「これはリンゴではない。桃でしょう」

「あんたも次々と妙な言いがかりをつける人だね。これはリンゴ。桃ではない。私はＮＨＫ、見ていない。民放、見ている」

その時です、集金の人は、急に、

「そうだねえ、こんな集金をして、あっちこっちで嫌味を言われるのは馬鹿くさくなった。人生アクセクしても仕方ない、帰って寝よ」

そう言ってアクビをしながら引きあげていきました。

次にこの桃の実を食べたのは税務署の人で、この人も、食べ終ると、急に、

「税など、もういりませんぞ。すべて馬鹿馬鹿しいことですからな、おたがい果報は寝て待てです」

そう言って黒い鞄をもって、ノコノコ帰ってしまいました。

爺は面白くなり、近所の猛烈商社マンの家庭にこの桃の実を持っていってやった。すると

まず教育ママである奥さまが、

「三郎。勉強はもうおよし。人生、のびのびと生きましょう。パパのように出世、出世の一生なんて、本当は意味ないのよ。ママも、もうアクセク人生に飽きたわ」

そこで爺は桃の木に立札を立てて、こう書きました。

「ネコのリンゴの木」

このお話はその後長く残っていて、寝つきの悪い子供に母親がしてやりますと、たちまちにして、うつら、うつらと母子ともに眠ると伝えられています。カンの強い子、寝小便の子もやすらかに眠ることができます。

爺の家はなくなりましたが、桃の木は今でも残っていて、時折、郷土の民話研究の学生がたずねていきます。桃の木のそばには石碑もあります。

「ネコのリンゴの木」と書いてあります。入場料は十円であります。

解題

今井真理

「アカシヤの花の下」（「女性セブン」一九六七年五月三日号）
「さすらい人」（「女性セブン」一九六七年七月十九日号）
「女優たち」（「女性セブン」一九六七年十二月二十七日号）

この三作はいずれも「女性セブン」に「読切短編」として掲載された。今回収録された十四作品のなかでこの三作は『沈黙』以降に発表された。

「アカシヤの花の下」はテレビ局で行われた「初恋の人探し」という企画で番組のゲストに呼ばれた「私」と、初恋の相手との哀しい出逢いを描いた話である。ゲストは「私」のほか「藤間紫」「山崎努」などみな実名となっている。思い出の女性は大連の小学校の同級生というセッティングである。遠藤は一九二六年三歳の時、父の転勤のため大連に渡る。九歳の頃から父母が不仲となり離婚。翌年、母と兄、三人で神戸に帰国する。大連は街路樹のアカシアが美しい街ではあったが、少年遠藤にとっては辛い時期を過ごした場所であった。当時のことは後に「童話」などの短篇で語られている。

「さすらい人」の舞台は軽井沢である。一九五八年以来、遠藤は度々軽井沢で夏を過ごしている。一九六一年に三度の手術を行った遠藤はその後、空気の良い玉川学園に転居、その夏もまた軽井沢の貸別荘で過ごした。貸別荘を探す謎めいた婦人との物語に有島武郎の名前があるが、遠藤にとって重要な人物である有島暁子は武郎の姪にあたる。また、遠藤は青年の頃、追分に住んでいた堀辰雄の家に何度も訪れた。「私の中の「美しい村」」と題した評論で、堀にとって軽井沢は「青春讃歌の場所」であり、追分は「心の故郷」とも述べている。

「女優たち」も「吉永小百合」をはじめ「原節子」など実名の女優たちが登場する。加藤宗哉氏は著書のなかで、遠藤周作の女優好きは有名であり「女優と会っているときの遠藤周作は上機嫌だった」(『遠藤周作　おどけと哀しみ』)と記し、この作品にも登場する吉永小百合とのエピソードにも触れている。一見華やかに見える女優たちも、時代や人気に人生を左右される。そんな悲哀が描かれた一篇である。

「海の見えるヴェランダ」(「若い女性」一九五六年九月号)
「サボアの秋」(「若い女性」一九五六年十月号)
「小さな恋びとたち」(「若い女性」一九五六年十一月号)
「ふるい遠い愛の物語」(「若い女性」一九五六年十二月号)

この四作はいずれも「若い女性」に掲載された。この作品は一作ごとにクイズ形式が取られるという異色のスタイルで掲載された。つまり、第一回作品である「海の見えるヴェランダ」の最終ページの数行が虫食い、「〇〇」となっており、読者がその〇を埋めてはがきに書き投稿する。正解は第二回「サボアの秋」の冒頭に発表され、それに対する遠藤のコメントも掲載されている。

「海の見えるヴェランダ」は謎解きの話であり、推理小説風に描かれた一作である。

「サボアの秋」にはコンブルウの療養所が出てくる。一九五〇年、当時二十七歳の遠藤はフランスに留学する。しかし、一九五二年、体調を崩し、多量の血痰を吐いた。療養が必要とされた遠藤はスイスとの国境に近いコンブルウの療養所に入る。肺に影があり、翌年遠藤は留学を断念し、帰国した。この作品にはサボアの街で起きた若い男女の偶然の出会いが描かれる。後述する「秋のカテドラル」同様、ルオーの色絵硝子が窓にはめこまれた教会を訪れる場面が設定されている。

「小さな恋びとたち」もまた若い男女の恋物語であり、のちに遠藤が多くのエッセイで触れる男女の愛や嫉妬についての物語である。

「ふるい遠い愛の物語」は尼僧と若い軍人との恋物語である。物語の舞台はポルトガル。幼い頃から修道院に預けられ尼僧となったマリアンヌ・アルコフォラードと将校シャミリイ・シランジェールが恋に落ちる。しかし将校はやがてマリアンヌの前から去っていった。彼女は何度も彼に手紙を書くが想いは叶わずに終わる。激しい愛と恨みの言葉に埋められた文章が書き綴られている。そこには失恋した女の悲しさも描かれた。この物語は佐藤春夫の訳により「ほるとがる文」として発表されている。そこに掲載されたマリアンナ《ママ》・アルコフォラードの五通の手紙は「真実の手紙」であり、彼女が二十五歳の時に書かれたものだと訳者は記した。遠藤は恋に悩む若い読者に、『恋愛とは何か』のなかで、「ほるとがる文」をぜひ読んでください、と勧めている。

「チュウリップ」（「時」一九六三年十一月号）

この作品は「読切現代小説」として掲載された。時を同じくして、同年「わたしが・棄てた・女」の連載が始まった。弱い者の同伴者である主人公ミツに対し、時代を生き抜くためにミツを棄てた吉岡を思わせるようなサラリーマンの悲喜こもごもの日々が描かれている。

本作の題名である「チュウリップ」について。「チュウリップ」という言葉は当時、「女性にだらしない男性」の象徴として使われた、という説がある。本文中にも「鼻下長《びかちよう》」という言葉があるが、花の下、つまり茎の部分が長くのびているチューリップの「花」と「鼻」をかけた言葉と考えられる。

「赤い帽子」（「それいゆ」一九五八年四月号）

本作が掲載された「それいゆ」には「50号記念特別増大号」として「幸福な明日のために」という特集が組まれている。筆者は遠藤のほか小泉信三、中原淳一、中里恒子らが名を連ねている。舞台は寝台列車。ラジオのニュースで報じられた幼児誘拐を知った「私」の前にそれらしき青年と女の子が現れるというスリルのある一作である。

「黒い十字架」（「知性」一九五五年十月号）

「黒い十字架」発表の一月後、一九五五年十一月に「黄色い人」が「群像」に掲載された。武田秀美氏が指摘したように、この作品が「黄色い人」と関連していることは間違いない。両作品に描かれた「デュランの日記」の十二月八日・九日・十日はほぼ同じ内容である。この度、遠藤文学館の資料室に「黒い十字架」の原稿に筆者と思われる書き込みのあるコピーが見つかった。例えば「憲兵」に修正線が引かれ「刑事」となっていたり、「デュラン神父」が消され「ウッサン神父」となっているなど数ヶ所見受けられる。そのほとんどが「黄色い人」で訂正された場面である。変更された箇所と同様に、削られた箇所も「黄色い人」を考える上で参照していかなくてはならない。なお、本作品が「知性」に掲載された際、その最後に「黒い十字架」という中篇からの抜粋であると記されているが、武田氏の指摘の通り「該当する作品の全体は、現時点では未発見」であり、「黒い十字架」が「黄色い人」に組み込まれたと考えられる。

〈参考資料〉武田秀美「『黄色い人』―その精神風土と『黒い十字架』について―」（清泉女子大学キリスト教文化研究所年報　二〇〇六年　第十四巻）

「秋のカテドラル」（「美術手帖」一九五八年八月号）

本書の題名ともなった「秋のカテドラル」はフランス留学中の遠藤と思われる「私」が、奉献した組合の名はわかるが、制作した工匠、画匠の名がわからないという教会の色硝子に魅かれ、制作者の名を求めていく様子が描かれている。この色硝子をとおして、異国の旅人にとって越えることのできない西洋の〝壁〟について触れていることは興味深い。遠藤は一九五〇年、留学生としてフランスに渡ったが、汎神論の日本と一神教の西洋との狭間で苦しんだことは『留学』をはじめ、多くのエッセイでも述べている。西洋の人々は守るべき、支えるべきカテドラル（大教会）を持っているが、それに対し「私の国にはこれほど牢固としたものはない」と記した。遠藤は本作の約十五年後に発表された「ルオーの中のイエス」（『世界の名画』一九七三年五月　中央公論社）のなかでもこの色硝子について触れている。

なお、本書のカバー装画には、作中の「私」が訪れたブルジュの大聖堂の写真が使用された。

「デニーズ嬢」（「小説春秋」一九五六年九月十五日）

「生きていたコリンヌ」（「小説春秋」一九五六年十一月一日）

「デニーズ嬢」「生きていたコリンヌ」は、いずれも一九五六年「小説春秋」に掲載された。桃園書房発行の「小説春秋」に関しては、石川巧氏が精密な調査を重ね、論文を発表している。石川氏によれば「小説春秋」は現在多くの巻が入手困難であり、掲載された作品は、作家の著書目録から漏れていることが多いという。つまりこの雑誌を発売当時に手に入れた読者以外に「誰にも知られないまま埋もれた作品が数多く存在している」と指摘した。遠藤の作品としては他に「白い人」が一九五六年十一月十五日発行号に掲載されている。

「デニーズ嬢」は、リヨンで過ごす青年が療養を兼ねて訪れた友人の家での物語である。友人の妹は一見優しい女性であるが、毎夜、美青年の男友達を「犬のように床の上を這」わせていた。本作では人間の持つ「悪」の世界が描かれている。遠藤はリヨンに留学するが、リヨンを「悪魔的な街」とし、「黒ミサ」について述べたり、マルキ・ド・サドの研究を目指したことなどを

「冬―霧の夜」（『フランスの大学生』一九五三年七月　早川書房）をはじめ、多くのエッセイで述べている。

「生きていたコリンヌ」、ここでも女優の悲哀が描かれつつ、最後の「種明かし」が効果的な一作である。この作品に登場する「コリンヌ」はフランスの女優「コリンヌ・リュシェール」のことであり、遠藤は「アフリカの体臭」でもコリンヌについて描いている。鈴木明氏は、コリンヌの代表作でもある「格子なき牢獄」がテレビ放映されたときにゲスト出演した遠藤が「我々の青春時代の象徴」というような「表現をしたと思う」と記している。なお、「生きていたコリンヌ」に関しては遠藤文学館に「小説春秋」に掲載されたノンブルと異なるノンブルのコピーが存在している。調査を重ねたがそのコピーが「別刷」なのか、または校正原稿なのか現状では判断がつかないことを付け加えておきたい。

〈参考資料〉石川巧「雑誌「小説春秋」はなぜ歴史に埋没したのか？」（「敍説Ⅲ－10」二〇一三年九月　花書院）
鈴木明『コリンヌはなぜ死んだか』（一九八〇年四月　文藝春秋）

「ネコのリンゴの木」（「文藝春秋デラックス」一九七四年六月）

遠藤は「りぼん」（一九六二年五月号～一九六四年四月号）に子供向けの作品「青いお城」を執筆したり、マックス・ギャバン『ジュルルジュスト王国で起きた不思議な出来事』など、童話の翻訳も手掛けたりしている。本作は民話として発表された。舞台は遠藤が長年親しんだ町田である。狐狸庵山人を思わせる長新太のカラーの挿絵も物語の一端を担っている。

解説——背後のまなざし

今井真理

遠藤周作がルオーの作品に魅かれていることは多くの知るところである。なかでも、もっとも愛した作品はと問われたら「ほとんど躊躇なく私は、《デ・プロフンディス（深き淵より）》と題された油絵を選ぶだろう」と述べた。

この絵には老いた父親の死が描かれている。遠藤はここに「運命の受容」をみる。どうにもならない父親の死を大声で嘆くのではなく、彼らはそれを静かに受け入れている。そして、寝台の上には、十字架のキリストがその様子を見守るかのように描かれている。

遠藤がこの絵に魅かれたのは「運命の受容」だけではない。それだけならフラ・アンジェリコの「受胎告知」の乙女マリアにも、運命を静かに受け入れる姿勢がある。しかし、そこには、全て浄《きよ》らかで宗教的な平安があり、「悪の影」がないという。

「《デ・プロフンディス》のそれには私たちがそこに自分を投影できる人間的な哀しみもまじっている。日々の労働の汗の匂いや疲れや怖れ、そのほかのすべての人間的な苦しみと臭いとを三人の男女から嗅ぐことができる。《受胎告知》の静かさはいわば聖なる世界の至福がおりなす平安だが《デ・プロフンディス》のそれは人間の臭いのする静寂と平安である。」(「ルオーの中のイエス」)

この絵に描かれた三人の男女には名前もない。夫と妻ではなく、それは司祭と修道女かもしれないと遠藤は言う。しかし、遠藤が魅かれたのはそこに「すべての人間的な苦しみ」や「自分を投影できる哀しみ」が存在するからである。

遠藤周作にはいろいろな顔があるという。純文学を書く遠藤、ニセの髭をつけ「狐狸庵山人」と称し、杖を持ちながら歩く遠藤、どれもが遠藤周作である。つまり、遠藤には『沈黙』をはじめ、『侍』『死海のほとり』など純文学といわれる小説があり、狐狸庵ものとよばれる「狐狸庵シリーズ」や「わたしが・棄てた・女」をはじめとする「中間小説」がある。本書に収められた短篇小説は一部を除き、初期に発表された「中間小説」である。

かつて利沢行夫は遠藤とグレアム・グリーンを比較しながらこう述べた。グリーンは自分の作品を本格小説と読み物に分けているが、前者は悲劇を志向する小説、後者は喜劇的な色調で描かれているると。それに対して遠藤はこの様な分け方ではないが、作品の制作上、「悲劇的なものと喜劇的なものとを区別している」とし、遠藤の本格的な小説の主人公に比べ、例えば『おバカさん』や『へチマくん』の主人公たちは「少しも観念化されたところがない」(「道化の微笑」)と述べた。また、小嶋洋輔は「遠藤は意図的に純文学と中間小説を「書き分け」ていたのである。文芸誌掲載作品や書き下ろし作品群にはない、同時代読者に近づこうという意思が、新聞、中間小説誌、週刊誌、婦人誌に掲載された作品にはある」(「純文学と中間小説」)と述べた。

確かに実際に起きた事件、そして実在する女優たちの名前に読者は引きつけられるかもしれない。かつて自分の行った場所、馴染みのある地名、テレビで見る女優、自分たちもあたかもそこにいるような感覚を得られるのかもしれない。しかしもう一点「中間小説」とよばれる小説には魅力が存在する。

遠藤は多くの名もない人を描いてきた。そこには明確な一つの意図がある。それは、その名もない人たちが信じることのできる神の存在である。日常の生活、スーパーのレジで並ぶ主婦、アルバイトに励む学生、愛する人が病に倒れどうか助けてほしいと祈る女性、遠藤はそういう人たちを描き続けた。つまり遠藤の信じる神がその人たちにとって、たとえ神と認識されなくても、共に寄り添う存在にならなければ、遠藤の小説は成り立たないのである。

「アカシヤの花の下」では「私」の初恋の人探しがテレビの企画で行われた。初恋の人である大連の幼友達は、その後、空襲で目を負傷し、さらに今では神経も病んでいることを「私」は知らされる。物語の最後に「私」は大連に咲いていた思い出のアカシアの花を手に彼女を訪ねる。彼女には弓子という娘がいる。もし一人の母親でもある彼女が盲目にさえならなければ、今も幸せな暮らしをしていただろうと「私」は想像する。面会の場面、大連の子供時代を語る「私」に彼女は何の反応もしない。しかし、アカシアの花を彼女の顔に近づけた時の場面は読者の胸を打つ。「その時、突然、今まで無表情だったその顔に、秋の日の夕映えのように、烈しい感情のあらわれが見えた。そしてたしかに彼女はほほえんだ。まるで何か、埋れていたものを探しあてたように……」

遠藤の小説のなかで「夕映え」「雪」「風」などの言葉が恩寵の徴《しるし》として使われることは知られているが、日本の読者に、そこから「恩寵」や「聖霊」を読み取ることは難しい。しかし、先の場面には、ルオーの絵のようにどこかで見守るもう一人の存在が感じられる。病に苦しむ初恋の人を訪ねた時「私」は、これは決して特別なことではなく「誰にでもある、誰でも知っているあの光景」に思えた。本書に収められた小説はいずれも誰にでもある、誰もが知っている光景の話なのである。一つ一つの話がたとえ自分と無縁であっても、そのなかの一場面は、どこか見覚えのあるシーンなのである。その日常の光景のなかに遠藤は一人ひとりの人生を織り込んだ。どこにでもある風景であっても、それぞれの人にとって、かけがえのない風景、かけがえのない人物との「愛」のかたちがここには存在する。

「さすらい人」では軽井沢を舞台に、夫や子供とひと夏を過ごすための貸別荘を探す一人の女性が登場する。彼女はその別荘を見つけた翌日、碓氷峠で車が転落し死亡した、という話が展開される。警察は事故死と判断したが、「私」は彼女から、自殺をにおわす手紙を受け取っていた。その手紙を破り捨てた主人公は、このことは誰にも話さないと誓った。なぜなら、彼女は自分が錯覚したように「幸せな主婦」のままその生涯を終えるべきだと思ったからである。一見幸せに見える女性、一人の主婦の日常にどれほどの悲しみや辛さが存在するのか、それは誰にもわからない。この小説のなかで遠藤はこう呟く。

「人生には歎いたり悲しんだりしてもどうにもならぬことが多すぎる。誰を恨んでいいのかわからぬことが、有りすぎる」と。確かに、どんなに願っても、祈っても、悲しみからも辛さからも逃れることはできない時がある。しかし、その辛いこと、辛い人をとおして、遠藤の神は語りかけるのである。

遠藤はかつて「私の文学」と題し、新宿や渋谷、五反田のどこにでもあるありふれた景色、そこでせわしなく生きている人々を「私の世界のなかでどう描写すべきか」と問いかけた。そして、こう続けた。

「だがもし神が存在するならそれはグリーンの描くロンドンの裏町、モウリヤックの描くランドの風景だけに在るのではなく、神などとは全く縁遠いこの新宿、渋谷の街頭風景のなかにも見つけられる筈なのだ」

本書につづられた十四の短篇には大きなテーマはないかもしれない。しかし、ここにはまさしく、新宿や、渋谷の街で生きている名もない人たちの悲しみや、辛さが詰まった物語がある。そして、ルオーが描いた絵と同様に、これらの物語の背後に、その人たちを見つめるキリストの視線が確かに存在する。

本書を刊行するにあたり、掲載にご協力いただいた遠藤家に心より御礼申し上げます。また企画に関わっていただいた、元「三田文學」編集長・加藤宗哉氏、資料の提供にご協力いただいた長崎市遠藤周作文学館・川﨑友理子学芸員、そして数々の資料の解析に携わってくださった、町田市民文学館ことばらんど・杉本佳奈学芸員に感謝申し上げます。これらの方々のご協力なしに本書の刊行は困難であったと思います。

今年、二〇二一年九月、遠藤周作は没後二十五年を迎えます。この記念の年に遠藤文学館に長い間保管されていた、単行本未収録と思われる雑誌掲載作品が、多くの読者に届くことを願って、刊行に携わってくださった河出書房新社の編集者・太田美穂氏に御礼申し上げます。

◎表記について

一、本書に収録した各作品の初出、所収は、巻末「解題」に詳細を明記しました。
一、旧字で書かれたものは新字に、歴史的仮名遣いで書かれたものは現代仮名遣いに改めました。
一、誤字・脱字と認められるものは正しましたが、いちがいに誤用と認められない場合はそのままとしました。
一、読みやすさを優先し、読みにくい漢字に適宜振り仮名をつけました。
一、作品中、今日の人権意識に照らして不適切と思われる語句や表現がありますが、作品執筆時の時代背景や作品の文学性、また著者が故人であることを考慮し、原文のままとしました。

遠藤周作（えんどう　しゅうさく）

一九二三年、東京生まれ。幼年期を旧満州大連で過ごす。神戸に帰国後、十二歳でカトリックの洗礼を受ける。慶應義塾大学仏文科卒業。五〇年から五三年までフランスに留学。一貫して日本の精神風土とキリスト教の問題を追究する一方、ユーモア小説や歴史小説、戯曲、「狐狸庵もの」と称される軽妙洒脱なエッセイなど、多岐にわたる旺盛な執筆活動を続けた。五五年「白い人」で芥川賞、五八年『海と毒薬』で新潮社文学賞、毎日出版文化賞、六六年『沈黙』で谷崎潤一郎賞、七九年『キリストの誕生』で読売文学賞、八〇年『侍』で野間文芸賞、九四年『深い河』で毎日芸術賞、九五年文化勲章受章。九六年、逝去。

秋のカテドラル　遠藤周作初期短篇集

二〇二一年一〇月二〇日　初版印刷
二〇二一年一〇月三〇日　初版発行

著　者　遠藤周作
装　幀　鈴木成一デザイン室
発行者　小野寺優
発行所　株式会社河出書房新社
〒一五一-〇〇五一
東京都渋谷区千駄ヶ谷二-三二-二
電話　〇三-三四〇四-一二〇一（営業）
　　　〇三-三四〇四-八六一一（編集）
https://www.kawade.co.jp/

印　刷　株式会社亨有堂印刷所
製　本　小泉製本株式会社

Printed in Japan　ISBN978-4-309-02998-6